Piet Möller un de fleegen Jumfern

Klaus-Peter Asmussen, geboren 1946 in Handewitt, wuchs mit plattdeutscher Muttersprache auf. Nach Abitur am Alten Gymnasium, Flensburg, und sechssemestrigem Studium an der damaligen Pädagogischen Hochschule Flensburg trat er in den Schuldienst ein und war zunächst sechs Jahre lang als Grund- und Hauptschullehrer in Dithmarschen tätig. Ab 1976 arbeitete er als Realschullehrer für Englisch und Dänisch in Tarp, Kreis Schleswig-Flensburg, bis er 2010 in den Ruhestand trat. 2007 veröffentlichte er bei BoD – Books on Demand „Planten un Blomen", ein „Wörterbuch schleswig-holsteinischer Pflanzennamen" (ISBN 978-3-8334-8589-3). Seit 2005 befasst er sich mit dem Übertragen von Märchen unterschiedlichster Provenienz in die plattdeutsche Sprache und Kultur. Sein hier vorgelegtes sechzehntes Märchenbuch enthält ausschließlich Märchen, deren Ursprünge in den französischen Regionen Niederbretagne, Lothringen und Normandie liegen. Klaus-Peter Asmussen wohnt heute in seinem Geburtshaus in Langberg, Gemeinde Handewitt.

Klaus-Peter Asmussen

Piet Möller
un de fleegen Jumfern

un anner Märkens,
nü vertellt up Sleswigsche Geestplatt

Märkens up Platt # 16

© 2019 Klaus-Peter Asmussen

Herstellung und Verlag:

BoD – Books on Demand, Norderstedt

ISBN 9783748141013

Wat in düt Book insteiht

Piet Möller un de fleegen Jumfern

Dar is mal en junge Bengel we'n, Piet Möller hett he heeten, de hett Dag för Dag sin Schaap wahrt up en Barg, 'nem blangenbi en feine Diek legen hett. Un he is wies wurrn, faken, wenn dat Wedder fein is, denn kamen dar wecke grote witte Vageln un gahn dal bi de dare Diek. Man so draa as se up'e Eerde kamen, spletten se's Fedderkleeder, gahn so'n beten up, un denn kümmt dar ut elk Fedderkleed en smucke junge Deern rut, splidddernaakt. Se lopen rin in'e Diek un baden un dalvern in'e Sünn. Kort ehrer de Sünn dalgeiht, kamen se rut ut't Water, slippen wedder rin in se's Fedderkleeder un stiegen tohööcht in'e Luft, ganz hooch, mit grote Flünkenlarm.

De junge Schäper kickt sik dat allens vun wieden an, baven vun'e Barg, un he wunnert sik dar bannig oever. Un he truut sik gar nich un gahn neeger ran an'e Diek. Man dat dücht em doch bannig gediegen, un do snackt he dar mal een Avend to Huus vun. Do seggt sin Oma – de sitt dar dicht bi't Füer up en Schemel un is bi un spinnt –, do seggt se:

„Dat sünd Swanenjumfern, min Jung, Döchter vun en grote Hexenmeister, de wahnen in en feine Slott, dat glinstert man so vun Gold un Eddelsteens un hängt an veer gollne Keden oever de See, ganz, ganz hooch."

„Kann een dar denn nich mal henkamen un kieken sik dat dare feine Slott an, Oma?" fraagt de Jung.

„Dat is nich eenfach, min Jung", seggt se, „man moeglich is dat un kamen dar hen. Denn as ik jung weer, do hebben se vun en Jung snackt, um un bi so oold as du, Rolf Danger hett he heeten, de weer dar

7

we'n un uck wedder t'rüggkamen, un vun em weeten wi dat allens vun dar baven."

„Un wat mutt 'n anstellen för un kamen dar hen, Oma?" fraagt he.

„Oha, eerstmal dörf een nich bang' we'n; denn mutt een sik in'e Büsche dar an'e Diek versteken un sik heel ruhig un still verholen. Denn, wenn de Prinzessinnen – dat sünd nämlich Prinzessinnen – wenn de se's Fedderkleeder afleggt hebben, denn dar een vun wegnehmen. Un eendoont, um se beden oder drauh'n, een dörf dat blots wedder hergeven, wenn een na dat dare Luftslott henbröcht ward un hulpen un behött ward vun de, de dat dare Kleed hören deit, un ehr denn naher heiraden dörf. Anners geiht dat nich."

Piet hett sik dat heel nipp anhört, wat sin Oma seggt hett, un de heele Nacht dröömt he ümmerto blots vun de Swanenjumfern un se's Slott.

De neegste Morrn treckt he afste' mit sin Schaap as ümmer, man he hett sik vörnahmen, he will sin Glück versöken. He verstickt sik mang de Wicheln un Ellern, de dar an'e Diek wassen, un to de gewöhnliche Tied ward de Heven düüster, un he ward dree grote witte Vageln wies, de mit gewaltige Flünken oever de Diek sweven. Se gahn dal an't Över, se's Fedderkleeder gahn en beten up, un do kamen dar dree nakelte junge Deerns rut, smuck as man wat. Se smieten sik foorts in't Water un swümmen un jagen sik un dalvern rum. Piet kriggt dat hild; he hollt sik dar nich mit up un kieken de smucke Badedeerns an, he snappt sik dat Fedderkleed vun een vun se. Dat is jüst dat vun de jüngste un smuckste vun de dree. De Deerns sünd dat wies wurrn un kamen foorts rut ut't Water un störten sik up se's Fedderkleeder. De beide öllsten finnen se's ja uck richtig wedder, man de anner süht ehr in Piet sin Poten. Do löppt se up em to un schriet em an, he schall ehr ehr Kleed geven.

Geern, seggt he, wenn se em na dat Slott vun se's Vadder bringen woe'n.

Dat koenen se nich, seggen de dree Süstern all up-mal, denn haut he se, un em fritt he up. He schall se's Süster gau ehr Fedderkleed weddergeven.

Dat will he ehr geven, seggt he, wenn se em verspre-ken un bringen em na dat Slott vun se's Vadder.

De beide öllsten hebben se's Fedderkleeder al an un kamen se's Süster to Hülp.

„Giff unse Süster ehr Fedderkleed, oder wi rieten di in Stücken!" bölken se.

„Tüünkraam! Ik bün nich bang' vör ju", seggt Piet, wenn he sik dar uck nich heel wiss bi is.

As se sehn, se warrn nix bi em, nich mit Beden un nich mit Drauh'n, do seggen se to se's jüngste Süster:

„Wi moeten al doon, wat he verlangt, denn ahn din Feddern kannst du nich na Huus, un wenn unse Vadder süht, wi kamen t'rügg ahn di, na, denn koe-nen wi wat beleven!"

Do ward de junge Prinzessin blarrn, man se seggt dat to. Do gifft Piet ehr denn ehr Fedderkleed. Se treckt dat an, un denn seggt se, he schall sik up ehr Rügg setten, un dat deit he. Denn stiegen de dree Süstern hooch in'e Luft, so hooch, dat de Jung keen Land un keen Water mehr süht. Man nich lang', do ward he de Hexenmeister sin Slott wies, dat hängt oever de Wulken an veer gollne Keden.

De Prinzessinnen truu'n sik nich un nehmen de junge Schäper mit rin. Se laten em in'e Gaarn to Föten dat Slott, un seggen de Gaarner Bescheed. Se kamen ja en beten later rin as gewöhnlich, un darför schimpt se's Vadder se ut un verbütt se för en paar Daag un fleegen wedder hen na de dare Diek, eendoont wo langwielig se dat in se's Kamern is. Se doon nix as drömen vun Piet, he is ja en smucke Jung; un anners rum denkt he ümmerto an se, vör allen an de, de em up ehr Rügg dragen hett. Un vun beide Sieden oeverleggen se, wodennig se tosamenkamen koenen. Elkeen Avend lett de Prinzessinnen se's Mudder en grote Korv dal in'e Gaarn an en Tau. De Gaarner deit dar wat Grööntüüg un Aaft rin, dat se de neegste Dag wat to eten hebben, un denn treckt de Oolsch 'n wedder rup. Een Avend sett Piet sik in'e Korv ünner de Kohl, de Wuddeln un dat anner Grööntüüg. De Oolsch treckt 'n hooch. „Wat is de swaar!" seggt se. „Wat hebben Se denn in de Korv rindaan?" fraagt se de Gaarner, man de seggt dar nix to, denn he hett dat dütmal Piet oeverlaten un sorgen för dat dägliche Eten.

Man de jüngste Prinzessin steiht an ehr Finster, un se is Piet wies wurrn in'e Korv. Se strevt sik un kamen ehr Mudder to Hülp un seggt: „Laat mi dat man maken, Mudder, mars di man nich so af in din Öller. Ik kann man elkeen Avend de Korv hoochtrecken, dar bruukst du di nich mehr um kümmern."

Do geiht de Oolsch weg, un se freut sik, dat ehr Dochter sik sodennig um ehr kümmert. Un sodennig ward Piet hoochtrocken un in de Prinzessin ehr Kamer verstaken, un he blifft dar de Nacht oever. Un elkeen Avend kümmt he nu sodennig na baven un fröh an'e neegste Morrn wedder dal. Man de beide

anner Deerns kriegen dat ja mit und warrn afgüns-
tig up se's jüngere Süster, un se seggen, se woe'n
allens verraden, wenn Piet nich uck mal na se
kümmt. Do maken Piet un de junge Prinzessin sik
dat af, se woe'n tosamen utneih'n ut dat Slott un dal
up'e Eerde. Se stoppen sik de Taschen vull mit
Eddelsteens, un denn, as se all slapen, treckt de
junge Töversche ehr Fedderkleed an. Piet sett sik up
ehr Rügg, un afste' geiht dat. De neegste Morrn sehn
de ole Hexenmeister un sin Fruu denn ja to un
kamen achterran; man dat is to laat, se koenen se
nich mehr faatkriegen.

De Prinzessin lett sik denn döpen – bet darhen is se
keen Christ we'n –, un denn hett Piet ehr heiraad't,
un se hebben glücklich tosamen levt un hebben uck
wecke Kinner kregen. Man dar ward vertellt, se's
Kinner sünd all weghaalt wurrn vun'e Meerwiever.

De Muusprinzessin

Wenn I Lust hebben, hör mi to,
en feine Märken vertell ik ju,
Loegen kamen dar nich in vör –
bet up hööchstens een, twee Wöör.

Dar is mal in Frankriek en König we'n, de is al wat öller we'n un hett nie nich Kinner hatt, un dat hett em grote Kummer maakt.

Upletzt, as se dat Hapen al upgeven woe'n, bringt de Königin en Deern to Welt, un dat ward düchtig fiert mit Gasterien un vel Hopphei.

Man dicht bi in en Holt, dar wahnt en ole Töversche, de hebben se nich mit inladen to de Fierlichkeiten, un do nimmt se sik vör, se will se dat t'rüggbetahlen: Se verwannelt de Prinzessin in en Muus, un sodennig mutt se blieven, bet een de Töversche ehr Süster, de in ehr ganze Leven noch nich eenmal lacht hett, bet een de lachen süht.

Mal, as de Amm dat Kind in't Slott jüst Titt geven hett, ward se mitmal schrien: „Mein Gott! De Prinzessin is mi ut'e Arms fullen, as Muus!"

„Wat en Unglück!" röppt de König, „man de leeve Gott hett dat so wullt, denn moeten wi uns darmit affinnen."

Nich lang' darna gifft dat Krieg twüschen de König vun Frankriek un de König vun Spanien. De König vun Frankriek sitt to Perd in'e Slottshoff un will jüst afste' rieden, do ward he sin Deern – as Muus – wies (denn se verleren ehr nie nich ut'e Ogen un passen guut up ehr up), se löppt up em to un seggt, se will mit em in'e Krieg trecken. Wat se stackels Deern dar denn maken will in ehr Tostand, fraagt he. Dar schall he man nich bang' um we'n un ehr driest mitnehmen, seggt se; he schall ehr man in't Ohr vun sin Perd setten, un denn man afste'. Do sett de König de Muus in't Ohr vun sin Perd un ritt afste'.

As se up't Slachtfeld sünd un de Fiend gegenoever stahn, hören se mitmal en bannig feine Musik, un up beide Sieden swiegen se still un blieven stahn un hören to.

O, wat en feine Musik, röppt de König vun Spanien sin Soehn, wonem de denn herkamen deit. Dat much he doch mal weeten. Un de Suldaten in'e beide Lagers is dar uck mehr na un fallen sik um'e Hals, as dat se sik hau'n woe'n.

De König vun Spanien sin Soehn ritt hen na de König vun Frankriek un fraagt em, wat dat för'n Musik is un wonem de herkamen deit. – Ja, seggt he, dat is sin Dochter, de singt. – Sin Dochter, seggt de spaansche Prinz, man wonem de denn is. – Hier bi em, seggt he, in't linke Ohr vun sin Perd. – Um he em up'e Arm nehmen will, meent de Prinz vun Spanien. – Ganz un gar nich, seggt he, he seggt nix as de Wahrheit.

Na guut, seggt de Königssoehn vun Spanien, wenn he em ehr Hand toseggen will, denn so is de Krieg foorts to Enne. – Wat, wunnert de König vun Frankriek sik, he will en Muus heiraden? – En Muus? seggt de Prinz. Och so. Ja, wenn se em hebben will? – Dat will se geern, seggt de Muus gau.

Do blifft de Krieg denn na, se fiern Hochtied, un statts dat de beide Armeen sik to Kleed gahn, maken se mit bi de Fierlichkeiten un Gasterien, de dar acht

Daag lang upstellt warrn, un se verbrödern sik mit dat Glas in'e Hand.

De König vun Spanien hett noch twee Soehns, de sünd uck verheirad't: een mit de König vun Portugal sin Dochter, de anner mit de Törkenkönig sin Deern. Mal röppt se's Vadder se all dree tohopen un seggt, he will sin Kroon an sin öllste Soehn geven un sin Leven in Ruh un Freden to Enne bringen.

Em dücht, seggt de tweete Soehn, dat weer gerechter un geven de Kroon an de vun se, de sik an düchtigsten wiest, denn se sünd ja doch all dree sin Kinner un hebben datsülve Recht. Is guut, seggt de ole König, denn will he se up'e Proov stellen: Sin Kroon geiht an de, de em dat fienste Stück Linnen bringt. – Afmaakt! seggen de dree Bröder. Un denn gahn se all wedder na Huus un vertellen se's Fruuns, wat se's Vadder bestimmt hett.

As de Jüngste, de Muus ehr Mann, to Huus ankümmt, töövt sin Fru up em in'e Sünn an een vun'e Finstern in't Slott un singt mit ehr feinste Stimm.

Dat langt nu mit de dare Musik, seggt he. Em weer dat leever, wenn se orntlich spinnen kunn. – Warum dat denn? fraagt se. Wat dat Nües gifft. – Na ja, seggt he, wat dat Nüe angeiht, sin Vadder hett seggt, he will de vun sin dree Soehns sin Kroon oeverlaten, de em dat fienste Stück Linnen bringt.

Och wat Schiet, seggt se, ehr Vadder sin Kroon is doch hunnertmal so vel weert as se's. He schall sik dat man gar nich ankamen laten un sin beide Bröder sik um de spaansche Kroon strieden laten mit se's Linnen.

Nee, seggt he, so smuck as ehr Vadder sin Kroon uck we'n mag, he will doch nich eenfach so vun sin Vadder sin t'rüggstahn.

De Avend vör de fastsette Dag, wenn se de König dat Linnen vörstellen schoe'n, beklaagt unse Prinz sik bi sin Fruu: Morrn schoe'n se se's Vader se's Linnen vörstellen, un he hett nix uptowiesen; wat he denn nu maken schall.

He schall sik man wedder inkriegen un sik keen Sorgen maken wegen so'n Kreihenschiet, seggt de Muus. He schall man düsse Schachtel nehmen, seggt se (un se gifft em en smucke lütte Schachtel, de is to), un wenn sin beide Bröder se's Linnen vörwiest hebben, denn schall he de man upmaken, denn finnt he dar wat in, wat sin Bröder dat Muul stoppen ward.

Wodennig denn in so'n lütte Schachtel en Stück Linnen in we'n schall, 'nem he mit winnen kann, fraagt he. He reist denn af un nimmt de Schachtel uck richtig mit, man gloven deit he dar nich recht an.

As he bi sin Vadder sin Slott ankümmt un in'e Hoff rieden deit, do stahn dar al en ganze Deel Esels, vull beladen mit Ballen, 'nem dat Linnen in is, wat sin Bröder ut allerhand Länner wied un sied tosamenhaalt hebben.

Denn wiesen se dat Linnen bi de König vör. De ünnersöcht dat nipp un nau un laavt düchtig, wo smuck, wo fien un wo week wecke Stücken sünd.

„Un du, min Jung, wat bringst du?" fraagt he de Jüngste, as de an'e Reeg is.

De langt em blots de Schachtel hen un seggt, de schall he man mal upmaken. Do warrn sin beide

Bröder luut loslachen. Man de König maakt de Schachtel up, un do kümmt dar en Enne Linnen rut so fien un schemern as Sied. Dargegen lett dat Linnen vun de beide annern as so'n groffe Sacklinnen. Un wat dat Dullste is, dat schient, as wenn dat nie nich all ward, se koenen dat man ümmerlos ut'e Schachtel ruttrecken, dar kümmt un kümmt keen Enne. Do vergeiht de beide öllere Prinzen dat Lachen.

Sin Kroon kümmt sin jüngste Soehn to, seggt de König heel verbaast.

„Hö, hö, hö!" protesteern de beide annern verdreetlich, „man nich so hastig mit dat Ordeel na blots een Proov!" He schall man noch en Proov ansetten, meenen se, denn sehn se wieder.

Dat will he geern doon, seggt de König, man wat he denn as tweete Proov man verlangen schall.

He schall sin Kroon doch man de toseggen, de em de smuckste Fruu anbringt, seggt de Öllste. De is mit de törksche Kaiser sin Dochter verheiraad't, un dat is en wunnerbar smucke Prinzessin.

Is guut, seggt de König, de de smuckste Fruu anbringt. Un de dree Bröder reisen wedder af, elkeen na sin Kant.

De Jüngste kümmt heel trurig na Huus. He is dar oevertüügt vun, dütmal kann he nich mitholen, wo sin Fruu doch en Muus is.

Warum he denn so trurig is, fraagt se em, as se sin Gesicht wies ward, dat süht ut as soeven Daag Regen. Um ehr Schachtel nich ehr Wark daan hett, will se weeten. – Ja, seggt he, de Schachtel hett sik wunnerbar holen. – Denn is de Kroon vun Spanien ja sachs sin, meent se. – De Kroon vun Spanien, röppt he, oha, dar is he sachs wied vun af un kriegen de. – Warum dat denn? fraagt se. – Sin Vadder verlangt en tweete Proov, seggt he.

Wat dat denn is, will se weeten, he schall ehr dat doch man vertellen. – To wat dat denn guut we'n schall, meent he. – He schall't man driest seggen, seggt se, un denn mal kieken.

Na guut, seggt he, up'e Vörslag vun sin öllste Broder hen, de ja mit de törksche Kaiser sin Dochter verheiraad't is, hett sin Vadder sin Kroon de vun sin dree Soehns toseggt, de em de smuckste Fruu vörstellt; un se versteiht ja sachs ... – Wenn't wieder nix is, seggt se, denn schall he sik man beruhigen un Vertruu'n to ehr hebben.

As de Dag dar is, dat se de König se's Fruuns vörstellen schoe'n, seggt de Muus to ehr Mann, de Prinz, se will mit na sin Vadder. – Och wat, seggt he, he bruukt keen Muus för un wiesen sik vör sin Vadder, he bruukt en Fruu, en smucke Fruu. – He schall sik man keen Sorgen maken, seggt se, un ehr mitnehmen. – Dat he sik dar blameert? quarkt he. Un denn sett he sik in sin Kutsch un fahrt afste', un de Muus lett he to Huus. Man se seggt to en junge Schäper – de will jüst afste' mit sin Schaap –, he schall ehr doch de dare grote, rode Hahn griepen, de he dar mang de Höhner sehn kann. Un denn schall he em en Toom in'e Snabel leggen vun Wichelschell, un denn will se sik up sin Rügg setten un hen na ehr Mann bi ehr Swiegervadder.

De Schäper deit, wat se em heeten hett, un de Muus sett sik up'e Hahn sin Rügg, nimmt de Toegel vun

17

Wichelschell mang ehr Vörderpoten un maakt sik up'e Weg na de Hoff vun Spanien. Sodennig utrüst't mutt se an de Töversche ehr Slott vörbi, de ehr to en Muus verhext hett. Dar is so'n gresige Matschlock, un dar will de Hahn nich rin. De Muus kann noch so vel ropen: „Hü! Hü! Nu man los!" Wenn he een Schritt vörwarts maakt hett, maakt he twee wedder torügg. De Töversche ehr Süster steiht an't Finster, un as se dat dare Spillewark süht, do kann se sik nich betähmen un mutt so dull lachen, dat is in't heele Slott to hör'n. De Töversche kümmt anrönnt, un as se wies ward, wat ehr Süster sodennig to'n Lachen bröcht hett, do seggt se to de Muus, nu is de Bann braken. Se hett ehr to en Muus maakt, seggt se, bet se ehr Süster lachen hört. Se hett lacht, un nu is de Prinzessin erlöst. Vun nu an schall se de smuckste Prinzessin we'n, 'nem de Sünn up schient, un ehr Toom schall en feine gollne Kutsch we'n un ehr Hahn en feine Perd.

Un würklich, all dat passeert in en Ogenplink.

„Nu gah man", sett de Töversche noch hento, „gah na de Hoff vun din Swiegervadder, un du bruukst nich bang' we'n, dat dar en anner een kümmt, de smucker is as du."

De Prinzessin reist denn wieder in de dare feine Kutsch, un bald hett se ehr Mann inhaalt, denn de hett dat gar nich ielig. Wat, seggt se, wieder is he noch nich?

De Prinz is verbaast, he kennt sin Fruu ja nich as so'n smucke Prinzessin, un he seggt nix.

„Na los", seggt se, „kumm in min Kutsch, blangen mi, un laat din schetterige Kutsch hier un de dare Schinner, de di treckt."

Se schall sik doch nich lustig maken oever em, seggt he toletzt, wiel dat ehr Kutsch smucker is un ehr Perd beter as sin. – Man he schall ehr doch man mal richtig ankieken un sin Fruu kennen, seggt se. – Nee, seggt he, se is nich sin Fruu, leider. Sin Fruu is de König vun Frankriek sin Dochter, un se is in en Muus verhext vun en leege Töversche. Man dat is em eendoont, seggt he, he hett ehr leev, so as se is.

Do vertellt de Prinzessin em, wodennig dat allens so kamen is, un toletzt kriggt se em oevertüügt, wenn uck mit Möögde, dat se würklich de König vun Frankriek sin Dochter is un sin Fruu.

Denn fahren se tosamen wieder in'e gollne Kutsch, de blinkert as man wat, un nich lang', do kamen se na de König vun Spanien sin Hoff. As se dar ankamen, gifft dat en grote Stahoi[1], un de Lüüd warrn nich möö' un bewunnern de Prinzessin un ehr Kutsch un ehr Perd. De heele Slottshoff is hell, so prächtig un smuck as se sünd. Wiss, de beide öllere Prinzen hebben smucke Fruuns, man as se de vun se's jüngste Broder seh'n, sünd se ganz dör'nanner un armsinns. De ole König is heel ut'e Tüüt un vergnöögt un seh'n so'n wunnerbar smucke Deern, he gifft ehr de Hand to'n Utstiegen ut ehr Kutsch un seggt, se is de smuckste Prinzessin, de em jichens vör Ogen kamen is, un keen hett dat mehr verdeent un sitten up'e Thron vun Spanien blangen sin jüngste Soehn.

An'e Avend gifft dat en grote Festeten, un dar will de König de Prinzessin bi Disch blangen sik hebben. Bi elkeen Gericht, dat se ehr vörsetten, un bi elkeen Ge-

---

[1] Stahoi = Lärm, Aufsehen (dän. ståhej)

dränk, dat se ehr inschenken, deit se en Brock un gütt se en Drüpp in ehr Schoot. Dar wunnern se sik all oever.

Na de Mahltied ward danzt, un wenn de Prinzessin danzt, streut se Parlen un Blöme up ehr Schre', de fallen ut de Folen vun ehr Kleed un warrn gar nich all. Ehr beide Swiegerschen sünd heel blass vör Arger.

De neegste Dag gahn de Fierlichkeiten un dat Eten wieder, un de beide öllere Prinzen se's Fruuns doon uck in se's Schoot en Brock un en Drüpp vun allens, wat se updischt ward, un denken, dat dar uck Parlen un Blöme ut warrn schoe'n. Man oha! as dat Danzen wedder losgeiht, do sünd dat keen Parlen un Blöme, wat se dar utstreu'n, as bi se's Swiegersche, man Etenbrockens un Sooß, un dar sünd se's feine Kleeder ganz plackig un smerig vun, so dull, dat se's Dänzers sik schamen un weggahn. Un denn warrn uck noch de Hünne un Katten vun se's Sporen allerwegens in't Slott anlockt, kamen in'e Ballsaal, bellen un miauen un bringen allens dör'nanner.

As de ole König dat süht, ward he düchtig füünsch un smitt sin beide öllste Soehns mit se's Fruuns rut ut't Slott. Denn dankt he af to Vördeel vun sin jüngste Soehn.

So wied heff ik dat allens sülven mitkregen un heff ju de Geschicht wahr un warraftig vertellen kunnt. Man wat denn ut se wurrn is, dat weet ik nich, un mi wat utdenken, dat will ik nich, un darum will ik ju nu nix mehr vertellen.

De törksche Arft

Dar is mal en Mann we'n un sin Fruu. De Fruu hett sik um'e Gaarn kümmert; se hett 'n in't Fröhjahr umgraavt un hett dar Grööntüüg seit. Wecke Jahren hett dat uck guut gahn, un de Mann is dar mit tofreden we'n; man upmal sett he sik dat in'e Kopp, sin Fruu hett afsluut keen Verstand vun'e Gaarn. Düt Jahr, seggt he, do will he sik mit de Gaarn befaten.

Mal seit he törksche Arften[1], un do fallt em up, dar is een mang, de is wat dicker as de annern. De sett he an'e beste Stä', merrn in't Blick. Elkeen Morrn geiht he hen un kickt na sin törksche Arft, un de törksche Arft wasst un wasst, as he noch nie nich en törksche Arft hett wassen sehn. Do seggt de Mann to sin Fruu, he will sik en Bohnenstang söken, dat he dar en Stang bikriegen kann bi sin törksche Arft. En Stang! seggt se. Wenn he de hööchste Eek ut't Holt haalt, denn is de noch lang' nich groot nugg.

Wieldes is de törksche Arft so dull wussen, dat 'n bet na't Paradies rup langt. Do seggt de Mann, he hett Lust un holen up mit Arbeiden. He will an sin törksche Arft hoochklarrn un na de leeve Gott gahn. Wat em denn woll infallt, seggt sin Fruu. Man he will sik dar nich vun afbringen laten. Dree Daag lang klarrt he, denn is he in't Paradies: En Blatt vun de törksche Arft is de Dör. He geiht oever en grote Hoff, denn dör en lange Reeg vun Kamern, 'nem de Bläder vun'e törksche Arft de Twüschenwänne sünd, un denn steiht he vör de leeve Gott un seggt to em, he wull geern nich mehr arbeiten moeten. He schall doch man Mitleed mit em hebben un em jichens wat geven. Hier, seggt de leeve Gott, dar hett he en

---

[1] Törksche Arften = eine Bohnensorte

Tasch, dar finnt he wat to drinken un to eten in. De schall he man nehmen un wedder dalklarrn, darhen, 'nem he herkamen is.

De Mann bedankt sik dusendmal, klarrt wedder dal un geiht in't Huus. De leeve Gott hett em wat to drinken un to eten mitgeven, seggt he to sin Fruu. Eerst will se dat nich gloven, man as se de Tasch süht un wat dar allens in is, do maakt se grote Ogen.

Man na wecke Tied is dar nix mehr in in'e Tasch, un do seggt de Mann sik, he mutt man wedder an sin törksche Arft hoochklarrn. He bruukt wedder dree Daag för un kamen na't Paradies. Dat Blatt vör de Ingang geiht to Siet un lett em dör. Na, fraagt de leeve Gott em, wat he denn nu will. Se hebben nix mehr to eten, seggt de Mann. Do gifft de leeve Gott em noch en Tasch mit noch mehr in as in'e eerste, un de Mann klarrte desülve Weg wedder dal.

Dütmal langt de Vörraat länger, man liekers geiht 'n mal to Enne. Do seggt de Mann, dat strengt doch düchtig an un klarrn ümmer an sin törksche Arft tohööcht. Ja, seggt sin Fruu, dat strengt sachs mehr an as arbeiten. Do seggt de Mann, he will de leeve Gott beden, dat he em nugg to leven gifft för de Rest vun sin Leven. He denn wedder bi un klarrn, un na dree Daag kümmt he na de Ingang vun't Paradies. De grote Bläder vun'e törksche Arft gahn to Siet un laten em dör. Wat he denn nu wedder will, fraagt de leeve Gott em. He wull geern nich mehr arbeiden moeten, seggt de Mann. He schall em doch wat geven, 'nem he de Rest vun sin Leven mit utkamen kann. Dat fallt em doch to un to swaar un klarrn ümmer an sin törksche Arft tohööcht; he is nu tämlich schiet topass. Na, seggt de leeve Gott, he ward sachs tofreden we'n. Hier, seggt he, dar hett he en

Esel, de schitt Gold. Man he un uck sin Fruu schall dar jo keeneen wat vun vertellen, un se schoe'n leven, as sik dat hört un nich to vel utgeven, anners gifft dat blots Snackerie.

De Mann klarrt denn wedder dal un freut sik to sin Esel, un as he wedder na Huus kümmt, seggt he to sin Fruu, he hett dar en Esel, de schitt Gold. „Büst du tumpig wurrn?" fraagt se. Nee, seggt he, dat is he nich, dat kriggt se al to sehn. Man se schall dar jo reine Mund vun holen. He nimmt en Bettlaken, spreed't dat ünner de Esel ut, un in en paar Ogenblicken is dat Laken vull mit Goldstücken. Un do geiht de Fruu hen un köfft Wäsche un orntliche Tüüg un smucke Möbeln.

En Tied later kümmt ehr Swiegersche to Besöök. O, seggt se, as se rinkümmt, dat is ja allens bannig fein wurrn, sörre se dat letzte Mal dar we'n is. Denn geiht se dat sachs guut? – Se süht ja noch nich allens, seggt de anner un wiest ehr ehr Schapp vull Wäsche un ehr Knipp vull Goldstücken. Wonem dat dare Vermoegen denn doch blots herkamen deit, fraagt de Swiegersche. Dat will se ehr vertellen, seggt se, man se schall sik wahren un vertellen dat anners een. Ehr Mann, seggt se, de is an sin törksche Arft tohööcht klarrt, de langt bet na't Paradies, un de leeve Gott hett em en Esel schenkt, de schitt Gold. Un se geiht mit ehr in'e Stall un wiest ehr de Esel; dat is en graue Esel mit swatte Sprenkeln. As de Swiegersche wedder na Huus kümmt, vertellt se foorts ehr Mann, wat se to weeten kregen hett. Do besorgt de sik en Esel mit jüst so'n Fell as sin Swager sin, haalt bi Nacht de Goldstückenesel weg un lett dar de anner för dar. Keeneen ward dat wies.

Wat later hett de Mann mit de törksche Arft keen Geld mehr un geiht na sin Esel, man dat nützt em nix. He mutt wedder na't Paradies klarrn. Wat he denn nu noch will, fraagt de leeve Gott, um he em nich allens geven hett, wat he bruukt. Och, seggt de Mann, de Esel will keen Gold mehr schieten. Tjä, seggt de leeve Gott, sin Fruu hett de Mund nich holen kunnt, un sin Esel is nu bi sin Swager, de hett 'n klaut. Man he will em noch eenmal helpen, seggt he. Hier, seggt he, dar hett he en Knüppel. He schall man hengahn na sin Swager, un wenn de em sin Esel nich weddergeven will, mutt he blots seggen: „Knüppel, roeg di!"

De Mann nimmt de Knüppel, un knapp is he wedder nedden, do löppt he hen na sin Swager, un de sin Fruu is dar uck. He wull doch mal seh'n, seggt he, um se em woe'n sin Esel weddergeven. – Sin Esel? fraagt de anner. Wat se denn woll mit en Esel schoe'n, se hebben doch se's Perde. (Dat sünd Buern we'n.) Un denn, in se's Stall hett he nix to söken. „Na guut", seggt he, „Knüppel, roeg di!" Do geiht de Knüppel foorts bi un vertagelt se allerbest. O, ropen se, he schall doch sin Knüppel t'rüggropen. Do röppt de Mann sin Knüppel t'rügg un seggt, se schoe'n em sin Esel weddergeven. Se weeten gar nich, wat he vun se will, seggen se. „Na guut. Knüppel, roeg di!" Un de Knüppel kloppt se noch beter dör. He schall sin Knüppel t'rüggropen, seggt de Fruu, denn kriggt he uck sin Esel wedder.

De Mann röppt sin Knüppel t'rügg, kriggt sin Esel wedder un geiht na Huus mit 'n. Vun dar an hett em dat an nix mehr fehlt un he hett glücklich levt mit sin Fruu.

Dat rustige Swert

Dar is mal en König we'n, de hett dar de Näs vull vun hatt un seh'n all de unehrliche Kinner, de in sin Stadt to Welt kamen sünd, un do seggt he upletzt, de Mudder vun dat eerste unehrliche Kind, wat dar nu in'e Stadt to Welt kümmt, de schall dootmaakt warrn.

Na ja, de dare König hett ja uck nich wusst, wat em bevörsteiht. He hett en Soehn un en Dochter hatt, un de beiden hebben sik so leev hatt, dat de Süster in anner Umstänne kamen is vun ehr Broder. Do sünd se böös in'e Kniep, denn se hebben ja vörher nich wusst, wat se's Vadder bestimmen wurr. Wat nu? Do neih'n se heemlich ut bi Nacht dör en Achterdör vun't Slott und gahn up en Schipp, dar hebben se wat to leven rupbröcht un all Slag'en vun Brootkoorn un Saatkoorn un Warktüüg.

Do kamen se na en eensame Eiland, wied, ganz wied weg. Un se buu'n sik dar en lütte Kaat un sei'n Koorn.

De Prinzessin bringt denn en Jung to Welt, en feine Bengel, un se nömen em Marbeck.

De Vadder geiht meist elkeen Dag up Jagd oder to Fischen. De Jung dieht grootaardig. He is al föftein, sösstein Jahr oold, do is sin Vadder mal up Jagd up en anner Eiland blangenbi. Do kümmt dar en lütte swatte Hingst na em hen mit Sadel un Toegel un allens, as wenn 'n seggen will, he schall man upstiegen. Na, he sett sik uck rup, un foorts jaagt dat Perd afste' in Galopp un bringt em na en Slott, dat liggt nich wied af. In dat dare Slott huust en Ries un Hexenmeister.

„Na, dar büst du ja, Königssoehn", seggt dat Un-
deert, as he em to seh'n kriggt. – „Man ik bün nich ut
frie Stücken herkamen, dat Perd hett mi hier her-
bröcht", seggt de Prinz. – „Dat is fein, un du büst en
gude Fang."

Un de Ries smitt em in en tofrarene Diek, de is dar
blangenbi. Sin Kopp maakt en Lock in't Ies; he kann
dar nich wedder rutkamen, un do is he bald ver-
sapen.

Sin Soehn geiht un söcht em un kümmt uck na dat
dare Eiland. He bemött uck dat dare lütte swatte
Perd mit Toegel un Sadel un allens, stiggt dar rup
un ward uck na de Ries sin Slott bröcht. As he dar
ankümmt, ward he in'e Diek sin Vadder sin Liek
wies un röppt: „Mein Zeit, dar is min Vadder!"

Ja, seggt de Ries, man he kann dat mit em nich jüst
so maken as mit sin Vadder, oever em hett he keen
Macht. Man he schall man dar bi em blieven, seggt
he, dat schall em an nix fehlen.

Do blifft he dar, wat blifft em uck anners na. Un do
is sin Mudder eerstmal alleen up ehr Eiland, un du
kannst di ja denken, wodennig ehr tomoot is. Do
maakt se sik uck up'e Söök na ehr Broder un ehr
Soehn un ward vun de lütte swatte Hingst uck na
dat dare Slott bröcht.

He hett al up ehr luert, seggt de Ries; he hett keen
Macht oever ehr, seggt he, man se schall man dar
blieven mit ehr Soehn un dat ward se guut gahn. Do
blifft se dar, blifft ehr ja uck nix anners oever.

Marbeck geiht elkeen Dag up Jagd in't Holt rund um
dat Slott. Sodraa as he weg is, sparrt de Ries sin
Mudder in en Buur, dat is mit spitze Nageln utslaan,

un he seggt, se schall dat jo nich ehr Soehn vertellen, anners kost't ehr dat dat Leven. Se ward mager un verfallt tosehens. Mal seggt de Ries to ehr, se schall to ehr Soehn seggen, he schall ut'e Höll dat grote rustige Swert halen, un wenn he dat hett, denn kann dat keen Minsch upnehmen mit em, un denn will he ehr frielaten un ehr heiraden, un denn woe'n se mitn'anner glücklich we'n.

De stackels Fruu vertellt ehr Soehn denn, wat de Ries seggt hett. He will dat lütte swatte Perd hebben, seggt Marbeck, denn will he na de Höll un dat rustige Swert halen. Do kriggt he de lütte swatte Hingst un maakt sik up'e Padd. Man foorts mutt sin Mudder wedder in ehr Buur mit de spitze Nageln sitten.

He kümmt an en Slott vörbi, 'nem he Larm un gresige Schrien hört, as wenn sik teindusend Mann gegensiedig doothau'n.

„Wat is dat?" seggt he. He will doch mal nakieken. — He schall dar nich ringahn, seggt sin Perd, anners ward em dat leed doon. — He will seh'n, wat dar binnen los is, seggt he, he is nich bang'.

Un he stiggt af, kloppt an't Door un ward guut upnahmen. Dat is en Slott vun Kristall, un dar wahnt en Dutz Riesen, dat sünd Bröder vun de up't Eiland. As he eerstmal binnen is, hört he keen Larm mehr. Un he itt to Avend un blifft Nacht in dat dare Slott.

De neegste Morrn maakt he sik wedder up'e Weg mit sin lütte swatte Hingst, de steiht an't Door vun't Slott, 'nem he 'n anbunnen harr an en Pahl, un de Riesen seggen, wenn he wedder vörbikümmt mit sin Swert, denn schall he se besöken. Dat seggt he se to un ritt afste'.

Um un bi hunnert Mielen wieder kümmt he an en tweete Slott, 'nem he noch mehr Radau hört as in't eerste. He mutt doch mal nakieken, wat dat dar binnen gifft, seggt he. – He schall dar nich ringahn, seggt dat Perd, anners ward em dat leed doon. Man he stiggt af, binnt sin Perd an en Pahl un kloppt an't Door.

Do ward dar upmaakt un he ward guut upnahmen. Dat is en Slott vun Sülver, un dar wahnen dörtig Riesen, all Bröder vun de up't Eiland un de in't Slott vun Kristall. He itt to Avend un blifft Nacht, ahn dat em wat tostöten deit, un as he de neegste Morrn wedder afreist, seggen de Riesen to em, he schall se besöken, wenn he wedder vörbikümmt mit dat rustige Swert. He seggt se dat to un maakt sik wedder up'e Weg.

Um un bi hunnert Mielen wieder kümmt he na en drütte Slott, un dar hört he en Spektakel as vun dusend Düvels, noch vel luder as bi de beide eersten. He mutt doch mal nakieken, wat dat dar binnen is, seggt he wedder, dat is ja sachs de Höll. – He schall dar nich ringahn, seggt sin Perd, anners ward em dat leed doon. Man he stiggt af, binnt sin Perd an en Pahl, kloppt an't Door un geiht rin.

Do hört he gar keen Larm mehr. Dat is en Slott ut idel Gold, un dar husen veertig Riesen, Bröder to de vun't Eiland un de vun'e beide anner Sloet. He itt to Avend und blifft dar Nacht, ahn dat em wat tostött, un as he de neegste Morrn afreist, seggen de Riesen to em, he schall se doch wedder besöken, wenn he dar lang kümmt mit dat rustige Swert. Dat seggt he se to.

Wo wied dat denn noch is bet na de Höll, fraagt he se, wieldes he sin Perd losbinnt – dat steiht noch dar an sin Pahl. Tweehunnert Mielen, seggen de Riesen. Un denn hebben se dar en gollne Kugel, seggen se, de ward ümmer vör em her rullen. He mutt blots achter 'n ranrieden, denn bringt 'n em liek na't Door vun'e Höll.

Un se wiesen em de gollne Kugel, de rullt al vör em an'e Grund. He ritt 'n achterna, un as de Sünn ünnergeiht, kloppt he an'e Dör vun de Düvel sin düüstere Tohuus. Do seggt dat Perd to em, dar kann 'n nich mit em ringahn. He schall 'n man dar an'e Pahl anbinnen, un wenn he wedder rutkümmt – *wenn* he denn wedder rutkümmt –, denn so finnt he 'n dar wedder. Se warrn em dar in en Saal bringen, seggt dat Perd, dar sünd en Barg smucke Swerter ut Kopper, ut Sülver un ut Gold mit Demanten und Eddelsteens an't Heft, un de Düvel ward to em seggen, he schall sik dar een vun utsöken. Man he schall keen vun de nehmen, man blots en ole rustige Swert, dat hängt dar an en Nagel an'e Wand. Un he schall sik dar nipp an holen, anners verglippt em de Kraam.

Denn geiht de Dör up, un do kümmt de Düvel sülven un lett em rin un heet em willkamen as de König sin Grootsoehn. He kümmt em jüst recht, seggt he, he bruukt en Stallknecht. He schall man mitkamen, seggt he, he will em sin Perde wiesen. Un do geiht he mit em na de Perdestall un wiest em sin Perde.

Dat dar, seggt he, is en Perd, dat mutt he ganz besünners guut passen. De annern, dar kann he mit maken, wat he will, un wenn he de nix to freten gifft as Doorns oder Steens, dat is em schietegaal.

Un denn gifft he em en grote Sloetelbund. Dat sünd de Sloeteln to all de Kamern un Saalen in't Slott,

seggt he. He sülven mutt de neegste Morrn ver-
reisen, un de dare Reis duert en halve Jahr, wenn
dar nix twüschen kümmt, un wieldes he weg is, dörv
he oeverall ringahn. Blots een Stä' verbütt he em,
dat is de Ruum, 'nem de dare lütte Sloetel – de wiest
he em –, 'nem de tohören deit. He schall sik wahren
un maken de up, anners geiht em dat leeg. Is guut,
seggt Marbeck, he ward allens sodennig maken, dat
he tofreden is.

De Herr vun't Slott reist denn fröh an'e neegste
Morrn af. Marbeck kümmert sik um sin Perde, un
denn geiht he spazeern in'e Gaarns un besöcht de
Kamern un Saalen in't Slott, de sünd all de eene
smucker as de anner. Allerwegens sünd düre Vör-
hänge un all Slag'en smucke Kraam un Bargen vun
Sülver, Gold un Eddelsteens. Dar wunnert he sik
bannig oever.

De verbadene Kamer treckt em an dullsten an. Wat
dar woll in is? fraagt he sik. Toletzt, na dree Daag,
kann he sik nich mehr betähmen un maakt 'n up. Un
wat süht he? En stackels Toet, gresig mager, dat 'n
sik knapp up'e Beens holen kann, un de seggt to em,
se is dar al achtein Jahr in de dare Tostand. Se
kriggt blots so vel to eten, dat se an't Leven blifft, un
faken kriggt se Slääg. Se is en König sin Dochter,
seggt se, in de dare Gestalt verhext vun de Hexen-
meister, de in dat dare Slott husen deit. He schall
doch man rupgahn in de sin Stuuv, seggt se to Mar-
beck, un in dat lütte rode Book lesen, dar stahn all
sin Geheemnissen in, un denn kann he ehr ehr frö-
here Utseh'n weddergeven un ehr erlösen.

Marbeck is heel verbaast un seggt de verwünschte
Prinzessin to, he will allens doon, wat he kann för un

erlösen ehr. He geiht rup in'e Hexenmeister sin Stuuv, lest na in sin lütte, rode Book, un dar finnt he uck, wat he söcht.

He gifft de Prinzessin wedder ehr minschliche Utseh'n, un se seggt to em, se moeten sik foorts oeverleggen, wodennig se vun dar wegkamen. He schall man eerstmal dat Töverswert halen, um dat is he ja kamen. He finnt et in'e Wapensaal, dar hängt et an en Nagel an'e Wand, links vun'e Ingang. Dat is en ieserne Swert, rustig un süht na nix ut. He ward dar en Barg anner Swerter sehn, seggt se, mit blanke Klingen un Heften mit Eddelsteens an. Man he schall sik wahren un faten de uck blots an. He schall da rustige Iesenswert nehmen, seggt se, un denn foorts wedderkamen.

Marbeck geiht na de Wapensaal un kümmt foorts wedder mit dat rustige Iesenswert.

Dat is guut, seggt de Prinzessin. Nu is dar ganz baven up'e hööchste Toorn, dar is en Klock, de lüüd't ganz vun sülven un wahrschuut de Hexenmeister, wenn dar in sin Slott wat Afsünnerliches passeert, un denn kümmt he foorts an. De mutt he vullstoppen mit Stroh un Deken, dat 'n nich lüden kann.

Marbeck löppt na de Klock un maakt 'n vull mit Stroh un Deken un binnt dat all fast mit Tauen. Denn kümmt he wedder.

Nu moeten se sik noch de Taschen vull maken mit Gold un Eddelsteens, seggt de Prinzessin, un he schall de Striegel un de Klapp Stroh ut'e Perdestall mitnehmen un jo nich dat rustige Swert vergeten, un denn man los, afste'!

Un do glieden se sik af. An't Door steiht de lütte swatte Hingst, un dar stiegen se all beid up, un Marbeck seggt: „Nu man all, wat du kannst, min lütte swatte Hingst!"

De Klock bewegt sik ja för Kroepels Gewalt un kriggt toletzt richtig dat Stroh un de Deken rutmarst, de 'n verstoppt hebben, un do fangt 'n foorts an to lüden. De Hexenmeister hört dat un kümmt foorts an. Do finnt he de Dör na de verbadene Stuuv apen, de Toet – oder de verwünschte Prinzessin – is weg mitsammt de König sin Grootsoehn. Do nimmt he dat beste Perd ut sin Stall un sett se foorts achterna mit en gresige Larm, Dunner, Regen, Blitzen un Füer!

Se schall sik mal umkieken, seggt Marbeck to de Prinzessin, wat se seh'n deit. En grote swatte Wulk, seggt se, de kümmt se neeger un schütt Blitzen un Füer rut. Dat is de Hexenmeister, seggt he, un de is bannig füünsch. Se schall de Klapp Stroh an'e Grund smieten. Se smitt de Klapp Stroh, un foorts kamen dar Bargen mit en Holt baven up achter se hooch. De Wulk ritt dar an ut'neen un ward en beten upholen up ehr Weg. Man denn kümmt 'n doch oeverweg un sammelt sik wedder up'e anner Siet.

Se schall sik mal umkieken, seggt Marbeck wedder to de Prinzessin, wat se seh'n deit. Se süht desülve Wulk neeger kamen, seggt se, un de süht noch gefährlicher ut as vördem. Se schall gau de Striegel an'e Grund smieten, seggt he. Se smitt de Striegel, un de ward foorts to en smucke Kapell, un Marbeck ward to en Preester un deit Deenst an't Altar, un de Prinzessin un de lütte swatte Hingst warrn to twe Hilligen, elk in sin Nisch up elkeen Siet vun't Altar.

De Hexenmeister wunnert sik, as he de dare Kapell wies ward, de kennt he noch gar nich. He stiggt dal vun sin Wulk un geiht dar rin un kickt lang' de eene Hillige an, de dar so smuck in ehr Nisch steiht, he meent, he kennt ehr. He steiht en ganze Tied un kickt ehr an, un as he toletzt rutgeiht ut'e Kapell, seggt he sik, dat weer en Fehler un gahn in de dare Kapell rin. Dar blifft em nix na as wedder na Huus to gahn. Un he dreiht bi, füünsch un mit grote Larm.

Unse Utkniepers nehmen foorts wedder se's natürliche Gestalt an, un nich lang', do sünd se rut ut de Hexenmeister sin Riek, un he hett keen Macht mehr oever se. Denn gahn se ut'nanner. De Prinzessin geiht wedder t'rügg na ehr Vadder sin Riek, un Marbeck mit sin lütte swatte Hingst ritt wieder, wedder up'e sülve Weg, de se kamen sünd.

Se kamen na dat Slott vun Gold un holen dar an, so as Marbeck dat toseggt hett. Um he de Swert hett, fragen em de Riesen. Hier is 't, seggt he un swunkt et. Un ganz licht haut he dar de veertig Riesen doot mit un in Stücken.

Denn ritt he sin Weg wieder, kümmt na dat Slott vun Sülver un bringt uck de dörtig Riesen um'e Eck, de dar husen. Sodennig maakt he dat uck mit de twölf Riesen in dat Slott vun Kristall. Un as he dar wedder rutkümmt, bemött he en lütte Oolsch, de seggt, he is ja en gresige Keerl mit sin Swert. Man ehr Soehn, seggt se, de alleen in't Slott up't Eiland wahnt un Marbeck sin Mudder in en Buer hollt, de ward al klaar warrn mit em.

„Wieldes, ole Hex, warr ik di mal de Aptit verdarven." Un he lett ehr de Kopp vun'e Schullern springen mit een Slag vun sin Swert.

En Stück wieder bemött he noch en Oolsch, de fraagt em, um em dat glückt is, um he dat Swert hett. Ja, seggt he, dat hett he; man he truut so'n ole Hexen as ehr nich oever de Weg, un darum will he ehr mal wiesen, wat 'n döggt.

„Do mi man nix, min Jung", seggt se, „ik will di blots Gudes, un to Bewies nimm man düsse Knoop, de ward di nütten. Du büst noch nich dör mit din Proven. Wenn du in Gefahr oder in Noot büst, bruukst du 'n blots anfaten un an mi denken, denn kaam ik di foorts to Hülp."

Marbeck nimmt de Knoop un bedankt sik bi de Oolsch. Denn ritt he wieder un kümmt ahn Twüschenfall na de Ries sin Slott up't Eiland.

Um he dat Swert mit hett, fraagt de Ries, as he em wies ward. Ja, seggt he, dar is 't. Nu kann sik keen Minsch up'e Welt gegen em holen, seggt de Ries.

Marbeck geiht denn na sin Mudder un fraagt, wodennig se behannelt wurrn is, as he weg we'n is. Allerbest, seggt se, ehr fehlt dat dar an nix. Un doch is se foorts de Morrn, as he wegreden is, in't Buur mit de spitze Nageln sparrt wurrn. Man de Ries hett ehr ja wahrschuut, se schall sik jo wahren un vertellen dat ehr Soehn.

Mal seggt de Ries to Marbeck sin Mudder, se schall sik wat infallen laten, wodennig se ehr Soehn dat Swert wegnehmen un na em henbringen kann. „Mit dat dare Swert", seggt he, „hett he min Bröder in't Slott vun Kristall, in't Slott vun Sülver un in't Slott vun Gold dootmaakt un uck min Mudder, un solang' as he dat hett, is unse Leven uck nich seker." Wenn he dat dare Swert harr, seggt he, denn so wurrn em de Sloet un de Riekdömer vun sin Bröder hören, un denn wull he ehr to Fruu nehmen, un se wullen tohopen glücklich we'n.

De Mudder laad't ehr Soehn in un gahn mit ehr spazeern in'e Gaarns vun't Slott. Dat Wedder is fein un de Blöme geven en Wollgeruch vun sik, een ward dar rein benusselt vun. Se setten sik dal up'e Rasen. Marbeck leggt sin Kopp up sin Mudder ehr Kneen, un se geiht bi un lusen em. Do slöppt he in, un se nimmt em dat Swert – dat hett he ümmer bi sik – dat nimmt se em weg un bringt et na de Ries. As de dat kostbare Stück in'e Fingern hett, löppt he na de Gaarn un haut Marbeck – de slöppt noch – beide Handgelenken dör. Denn binnt he em an en Pahl in en Trogg vull frarene Water, dat em dat bet an'e Schullern geiht. Un sin Mudder ward uck wedder insparrt in't Buur mit de spitze Nageln. So, röppt de Ries vör Freud, nu is he Herr: He hett dat Swert.

Man Marbeck ward an'e Knoop denken, de he vun de lütte Oolsch kregen hett, de he bemött is, as he ut dat Slott vun Gold kamen is. He röhrt dar an mit sin rechte Stummel, un foorts is de Oolsch dar un seggt: „Dar bün ik! Wat steiht to Deensten, min Jung?"

„Kiek mal, lütt Oma", seggt he, „in wat för'n Tostand se mi bröcht hebben." – „Weet ik", seggt se. „Ik will di man eerstmal din Hänne weddergeven."

Se löppt in'e Gaarn, haalt sin afhaute Hänne un sett se wedder an'e Stummeln an. Denn haalt se Marbeck rut ut'e Trogg un seggt, he schall man foorts na de Ries sin Kamer gahn. He slöppt, seggt se, un dat Töverswert liggt up en Disch blangen sin Bett. He schall dat man nehmen un em de Kopp afhau'n.

Do geiht he hen un haut mit een Slag dat Undeert de Kopp af. Denn süht he in ehr Buur mit de spitze Nageln sin Mudder. Se röppt, he schall ehr dar ruthalen. Man he seggt, se hett doch de Schuld to all sin Unglück, un do haut he ehr uck de Kopp af.

35

Denn geiht he dal in'e Perdestall. De lütte swatte Hingst, de mit em up'e Reis we'n is, seggt, he is sin Vadder, un he hett de dare Gestalt annahmen, dat he em uck na sin Dood noch nütten kunn. Nu schall he man wedder na de armselige Kaat up't Eiland gahn, 'nem he baren is. Do finnt he denn wecke Papier'n, de beleggen klaar, he is de König sin Grootsoehn. Mit de dare Papier'n schall he denn hengahn na sin Opa in'e Königsstadt. Wat em sülven angeiht, seggt de Hingst, he hett sin Straaf dörstahn un för sin Sünnen betahlt, un nu geiht he na't Paradies. Sin Mudder, de kümmt na de Höll an de Stä' vun de Prinzessin, de to en Toet verwünscht we'n is un de Marbeck dar ruthaalt hett. Knapp hett de lütte swatte Hingst dat seggt, do is 'n mitmal weg.

Marbeck deit up en Prick, wat em heeten is, he geiht na de Königsstadt mit de Papier'n, de beleggen, dat he de König sin Grootsoehn is.

„Moin, Opa", seggt he un stellt sik bi de König vör.

„Ik – din Opa? Woso dat?" fraagt de ole König.

Ja, seggt he, he is würklich sin Grootvadder. Um he sik dar nich up besinnen kann, he hett seggt, de Mudder to dat eerste unehrliche Kind, dat in sin Stadt baren ward, schall dootmaakt warrn. – Ja, seggt he, dar kann he sik an erinnern; man wat dat darmit to doon hett.

Dat is man, dat eerste unehrliche Kind hebben sin Soehn un sin Dochter kregen, seggt he, un dat is he. Sin Kinner sünd domals utneiht, dat se nich dootmaakt wurrn, un he sülven is up en lütte verlatene Eiland wied weg vun dar to Welt kamen.

Wat he dar för'n Bewiesen för hett, fraagt de Ole. Hier, seggt he, he schall sik dat man mal ankieken.

Un he langt em de Dokumenten hen, de he vun't Eiland mitbröcht hett.

De König lest se dör. O, röppt he, he harr dacht he kreeg nie nich en rechte Arv för sin Kroon, un nu hett Gott em een schickt. He is rein ut'e Tüüt vör Freud. De dare Glücksdag schall fiert warrn, seggt he, mit Banketten un grote Freudenfiern.

Un do gifft dat en paar Daag lang Gastbott un Festivitäten.

Nich lang' darna is de ole König denn dootbleven, un Marbeck is för em up'e Thron kamen.

Leopold

Dar is mal en Mann we'n un en Fruu, de sünd al tein Jahr verheiraad't we'n, un nie nich hebben se Kinner kregen. Un darbi hebben se so geern wecken hebben wullt.

Mal geiht de Mann na't Naverdörp, do süht he, em kümmt en ole Fruu in'e Mööt. „Dat is bestimmt en Fee", denkt he. „Wenn se mit mi snackt, will ik ehr heel nett antern."

„Wonem scha'st du denn up dal?" fraagt de Fee. – „Ik gah na't Naverdörp, beste Fruu." – „Du wullt geern Kinner hebben, ne'?" – „O ja, beste Fruu." – „Na! Sühst du de Hünne dar? Seh to un laten di bieten, denn kriggst du en Soehn."

De Mann geiht na de Hünne ran, un een vun se bitt em in'e Hand. As he wedder na Huus kümmt, vertellt he sin Fruu vun dat Beleven. Na negen Maanden kriegen se en Jung, un se nömen em Leopold.

Je grötter dat Gör ward, je leeger ward dat. Sin Öllern denken, dat kümmt sachs darvun, dat sin Vadder vun'e Hund beten wurrn is. In'e School will he nix lehr'n. Mal nimmt he sin Vadder sin Swert mit, wiest 'n de Schoolmeister un seggt, wenn he em dumm kümmt, will he em dar dör un dör mit steken. Do beklaagt de Schoolmeister sik bi de Vadder. Sin Soehn is en Doegnix, seggt he, he kann nix upstellen mit em. Toletzt maakt de Vadder Leopold klaar, he will em nich mehr to Huus lieden; he geiht mit em en Stück de Weg lang, un denn gahn se ut'neen.

As he in en Dörp kümmt, ward Leopold wies, se sünd dar all bi un weenen. „Wat hebben de dare Doesköppe denn to blarrn?" fraagt he. Do vertellen se em, de

König sin Dochter schall upfreten warrn vun en Deert mit soeven Köppe. „Anners nix?" seggt he. „Dar is doch nix bi!" De Lüüd seggen sik: „Is dat nich de dare Schietkeerl Leopold?" He geiht wieder un bemött en ole Fruu. „Wonem scha'st du up dal, min Fründ?" fraagt se. – „De Doesköppe, de dar achtern an't Blarrn sünd, hebben mi wat vertellt vun en Deert mit soeven Köppe. Ik heff noch nie nich en Deert mit soeven Köppe sehn; ik harr meist Lust un gahn hen un hau'n mi mit dat Beest." – „Gah man, min Jung", seggt de Oolsch. De Lüüd, de mithört hebben, wat se snackt hebben, seggen de eene to de anner: „Wat hett he nett mit de dare Fruu snackt! He is doch en richtige Schietkeerl!"

Leopold geiht rin in't Holt, un dar finnt he de Prinzessin, de is dar bi un singt. Se maakt dat ja heel anners as de annern, seggt he, se singt, un de annern blarrn. Singen oder weenen, seggt se, dat kümmt allens up't sülve rut. Man he schall man seh'n un kamen weg, wenn he nicht will, dat dat Deert em upfritt. Och, seggt he, he is nich bang', man he is dar rein nieschierig up un sehn mal en Deert mit soeven Köppe. En Ogenblick later is in'e Feern dat Deert to hör'n, wo dat up sin Weg all de Böme dalbrickt. So draa as et de Königsdochter wies ward, ward et bölken: „Ho ho! Dar büst du un hest en Leevste mit!" Leopold lett dat Beest keen Tied un kamen neeger; he löppt dat in'e Mööt mit dat Swert in'e Hand un haut dat dree Köppe af. Se woe'n dat man up'e neegste Dag verschuven, seggt dat Deert; de dare Slag blifft dat lang' nich doot vun. Un de Prinzessin seggt denn to Leopold: „Ik heff soeven Ringen för de soeven Köppe vun dat Deert; hier hest du dar dree vun mit min halve Snuuvdook."

De neegste Dag geiht Leopold dar wedder hen, man in anner Tüüg. Wat he dar denn maken deit, fraagt de Königsdochter. – Um se en Holthauer sin Dochter is, fraagt he; ehr Öllern sünd denn ja sachs in't Holt, seggt he. Se kennt em nich wedder un vertellt em, se is en Königsdochter un schall upfreten warrn vun en Deert mit soeven Köppe. So'n Beest hett he noch nie nich sehn, seggt Leopold, wodennig dat denn utseh'n deit. Mein Zeit, seggt de Prinzessin, dat is even en grote Beest ..., un dat hett soeven Köppe ... hatt, dree sünd et al afhaut wurrn. Man he schall sik man afglieden, anners ward he uck noch upfreten. Nee, seggt he, he blifft dar. Dat Deert kümmt uck foorts an. Leopold haut et noch dree Köppe af. „Bet morrn", seggt dat Beest, „vun düsse Slag bliev ik noch lang' nich doot!" So as de Dag vörher gifft de Königs- dochter Leopold dree Ringen un dankt em dusend- mal.

De neegste Dag klevt de junge Bengel sik en grote witte Baart an't Kinn, dat he utseh'n deit as en ole Mann, nimmt en Stock un geiht na de Prinzessin. Wat se dar denn maakt, fraagt he ehr. Se luert up en Beest mit soeven Köppe, seggt se, dat schall ehr up- freten. He schall man nich dar blieven, seggt se, he hett ja vellicht Fruu un Kinner to versorgen. Een Kind hett he, seggt he, man dat is eendoont. Denn kümmt dat Deert un bölkt foorts: „Höh, wat's dat? En Ole! De fret ik foorts up." Leopold kriggt sin Swert rut un haut et de letzte Kopp af. De Königs- dochter gifft em ehr soevente Ring un ehr anner hal- ve Snuuvdook. Un denn geiht Leopold wedder t'rügg na sin Vadder.

De König lett mit Trummeln utropen, de sin Dochter erlöst hebben moeten sik blots mellen, denn will se een vun se heiraden. En Barg Lüüd stellen sik denn up't Slott vör, wecken mit Ossenköppe, wecken mit Kalvsköppe, man dar laten se sik nich mit anschieten. Un Leopold, de lett sik Tied. As sin Vadder em fraagt um he nich hört hett vun de Königsdochter, de erlöst wurrn is vun dat Deert mit soeven Köppe, do seggt he blots: „Dat geiht uns doch nix an!" Man toletzt geiht he doch na't Slott. Do kennt de Prinzessin ja ehr Ringen un ehr Snuuvdook, un de König gifft Leopold sin Dochter to Fruu. Do hebben se denn Hochtied fiert, un ik, ja, ik bün wedder hier.

De Graapmann

Dar is mal en Mann we'n, de hett dree Döchter hatt. Se hebben en lütte Buerstä' hatt, man dar hett se dat man wat kloeterig mit gahn. De Deerns sünd elkeen Dag up't Feld gahn un hebben dar arbeid't, un se's Vadder, de is dar al to oold un kloeterig to we'n, he is to Huus bleven un hett dat Veeh passt. Man he is elkeen Dag rutgahn un hett sin Deerns mal up't Feld besöcht. Mal, as he vun se t'rüggkümmt, bemött he up'e Weg en smucke Herr in feine Tüüg. Blots een Deel passt dar nich to: He hett de Mors in en Graap sitten.

„Gu'n Dag, Naver", seggt de Herr to de Ole. – „Wünsch ik uck, Herr", seggt de Buer. – Um he em een vun sin Deerns to Fruu geven will, fraagt de Herr. – Ja, seggt he, geern, wenn se dar mit inverstahn sünd. – Na, seggt de Herr, denn schall he man hengahn un se halen, dat he mit se snacken kann.

Do geiht de Mann wedder na't Feld t'rügg un ward sin Deerns ropen: „Marie, Hanna, Greeten, kaamt gau her!" De Deerns kamen anlapen un fragen em: „Wat gifft't denn?" – Dar achtern up'e Straat, seggt he, dar is en feine Herr, de will een vun se heiraden.

Do setten de Deerns sik in Draff, dat se jo toeerst ankamen. Man as se de frömde Herr to seh'n kriegen mit sin Mors in'e Graap, seggen se: „Dat weer't denn woll; wokeen will denn woll so'n Keerl to Mann hebben?" – „Ik tominnst nich!" seggt de öllste. – „Ik uck nich", seggt de tweete, „un wenn sin Graap ut Gold weer."

„Man een vun ju mutt mi nehmen", seggt de Herr, „anners kümmt ju's Vadder nich lebennig wedder na Huus."

Denn will se em nehmen, seggt de jüngste, de bet nu noch gar nix seggt hett. Se will nich, dat se's Vadder jichens wat tostöten deit. Un denn ward foorts de Hochtiedsdag fastsett.

As de Dag denn dar is, kamen dar en Barg Gäste. De beide Bruutlüüd sitten alleen in en smucke Kutsch un fahren to Kirch. As de junge Bruut utstiegen deit, do is se so smuck, so rutputzt, dat ehr eegne Öllern ehr nich kennen, oever un oever vull mit Gold un Parlen. De Brüdigam stiggt uck ut, man he hett ümmer noch de Mors in'e Graap.

Se gahn in'e Kirch rin, un as se vör't Altar kamen, hett de Brüdigam sin Beens rut ut'e Graap, man sin Mors is dar noch in. Se hebben en feine Hochtied, elkeen Dag Gastbott un Spel un Danz, un dat acht Daag lang.

As de dare Tieed um is, fraagt de frischbackte Ehmann sin Swiegervadder, um he uck sin Pachtherr kennen deit. Nee, seggt he, de kennt he nich. Elkeen Jahr to Micheeli betahlt he an sin Verwalter in'e Stadt, man em sülven hett he nie nich to Gesicht kregen.

Na denn, seggt he, sin Pachtherr, dat is he, un nu schenkt he em de Buerstä', em un sin beide anner Döchter, un he schall sik man keen Sorgen maken um de, de he nu mitnimmt, ehr schall dat an nix fehlen. Denn stiggt he in sin gollne Kutsch un fahrt af mit sin Fruu.

Wenn de ole Buer eerst uck in'e Kniep we'n is, nu is allens to'n Besten. Un dat fehlt sin Deerns uck nich an Friers, to Vagelscheeten un to Aarnbeer. Dat duert nich lang', do stellt een vun se to to Hochtied.

„Een vun din Süstern hett sik verspraken", seggt de Graapmann een Dag to sin Fruu. „Man du musst alleen to Hochtied. Se warrn di ja utfragen na mi, man wahr di un seggen, dat ik to Nacht rutkaam ut min Graap. Wenn du dat vertellst, is dat din Unglück, un min uck. Wenn ik dar uck nich bi bün, wenn du dat seggst, ik weet dat foorts. Henfahr'n deist du in min gollne Kutsch, dar is en Toet vörspannt, de snüfft Füer ut'e Nüstern un hett en Rügg as de Kling vun en Mess, un up'e Rügg vun de dare Toet musst du wedder na Huus, wenn du dat vun mi vertellst."

De junge Fruu seggt em to, se will reine Mund holen, denn sett se sik in'e gollne Kutsch un fahrt na de Hochtied vun ehr Süster. Se is so rutputzt, so smuck, dat dar keen anner Fruu is, de sik mit ehr meten kann, un se sünd all bannig afgünstig.

As se eten hebben, kümmt en ole Tante bi ehr an, de hett en lütte Drüpp oever de Dörst drunken, un seggt to ehr: „Mein Zeit, min Deern, wat büst du mal smuck un nüdlich! Sett di hier mal dal bi mi un krieg en Glas ole Wien, un denn vertell vun to Huus. Wodennig geiht dat din Mann?" – „Em geiht dat guut, Tante, danke." – „Un warum is he nich mitkamen to Hochtied? Ik harr em to geern mal wedder sehn un mit em snackt. Segg mal, Deern, kümmt he nie nich rut ut sin Graap?" – „Nee", seggt se, „nie nich." – „Oha, min arme Deern, denn deist du mi aver doch leed. En Mann to hebben, de ümmerto mit sin Achterste in en Graap sitt, dat is ja nu keen Spaaß. Un bi Nacht, slöppt he uck mit sin Graap?" – „Nee, nee, bi Nacht, so draa as he in't Bett liggt, kümmt he dar rut." – Un do geiht de ole Tante foorts los un vertellt dat elkeen, de dat hör'n will (oder uck nich).

De neegste Morrn kümmt en Deener vun de Graapmann un seggt to de junge Fruu, se schall foorts na Huus kamen, Order vun ehr Mann. Do kriggt se dat mit de Angst, un se seggt to sik sülven, se hett wat verkehrt maakt.

Se geiht mit de Deener mit. As se vör de Dör kümmt, fallt se meist in Amidaam, as se süht, dar is keen Kutsch för un bringen ehr na Huus, blots de magere Toet mit'e Rügg as de Kling vun en Mess.

Se schall sik up de dare Toet setten, seggt de Deener. Nee, se will leever to Foot lopen, seggt se. Man de Deener kriggt ehr faat un sett ehr mit Gewalt up'e Toet, un denn geiht dat afste' in Galopp.

As se na ehr Mann sin Slott kümmt, ward se vun all sin Lüüd utschimpt. „So, dar büst du, du Aas, du Düvelswief", seggen de Deeners un Deerns; „wenn du din Gör kregen hest (se schall wat Lüttes hebben), denn warst du afmurkst as so'n Tiff!"

De Herr is uck düchtig in'e Brass.

„O, du verdreihte Wiefstück, du Höllenmuul!" seggt he. „Du büst min Verdarv un du büst din eegne Verdarv! Ik harr blots noch een Jahr na in min Graap, un nu mutt ik dar noch sösshunnert Jahr in blieven!"

De stackels Fruu is ganz vun'e Rull un blarrt un röppt, he schall ehr na ehr Vadder bringen.

Wenn ehr Blarrn echt is, seggt ehr Mann, un wenn se up en Prick doon will, wat he ehr seggt, denn so kann se em noch retten.

„O", seggt se, „verlang, wat du wullt, dat gifft nix up'e Welt, wat ik nich doon will för di."

„Denn hör mal guut to", seggt he. „Du musst di nu foorts spliddernaakt uttrecken un na de Krüüzweg gahn un di dar up'e Stopen vun dat ole Steenkrüüz up'e Kneen leggen. Foorts wenn du dar büst, gifft dat en Regen, Wind un Dunner, dat ward rein gresig. Man du dörfst liekers nich bang' we'n, du musst dar up'e Kneen up'e Stopen vun dat Krüüz blieven. Denn kümmt dar in wille Galopp en witte Hingst un wrinscht un maakt grote Larm. Verfehr di nich: För en Ogenblick blifft 'n bi di stahn. Du musst 'n mit de Hand up'e Vörkopp klappen un seggen: ‚Warrst du Mann?' Denn geiht 'n weg, un dar kümmt foorts en Bull un bölkt un maakt so'n Radau, dat dar de Eerde vun bevert. Man wies keen Bang', klapp 'n en lütte beten vör de Kopp un segg: ‚Warrst du Broder?' Denn geiht de uck weg, un an sin Stä' kümmt dar foorts en swatte Koh, de maakt noch mehr Larm as de witte Hingst un de Bull tosamen. Man du dörfst ümmer noch nich bang' warrn. So as de annern blifft 'n bi di stahn, un du musst 'n mit de Hand vör de Kopp klappen un seggen: ‚Warrst du Mudder?' Wenn du nugg Kraasch hest för un doon dat allens, denn kannst du mi erlösen, un denn büst du uck rett't."

„Ik do dat", seggt de junge Fruu.

Un do treckt se sik ganz nakelt ut, geiht na dat ole Krüüz an'e Krüüzweg un leggt sik up'e Stopen up'e Kneen. In'e sülve Ogenblick breken de Regen, de Wind un de Dunner los un ramentern, dat is ganz gresig! Denn kümmt dar en witte Hingst in dreefache Galopp un wrinscht. Vör dat Krüüz blifft 'n stahn. De junge Fruu gifft 'n mit'e Hand en lütte Klapps vör de Kopp un seggt: „Warrst du Mann?" Un de Hingst löppt weg. Darna kümmt en Bull mit gresige Larm. Vör dat Krüüz blifft 'n uck stahn, un de junge Fruu klappt 'n vör de Kopp un seggt: „Warrst du Broder?" Un do löppt 'n uck weg.

De Regen, de Wind, de Dunner un de Blitzen warrn ümmer duller. Denn kümmt de swatte Koh un bölkt un maakt en Höllenlarm; de Grund ward dar bevern vun. „Warrst du Mudder?" seggt de junge Fruu un gifft 'n mit'e Hand en lütte Klapps vör de Kopp. Un denn löppt 'n uck weg, jüst so as de witte Hingst un de Bull.

Do holen de Regen, de Wind un de Dunner miteens up, un de Heven ward klaar un all de Wulken sünd weg. En gollne Kutsch kümmt vun'e Heven dal blangen de junge Fruu. Ehr Mann stiggt dar ut, gifft ehr wat Tüüg, dat se sik antrecken kann, un denn fallen se sik um'e Hals un weenen vör Freud.

„Du hest uns erlöst", röppt de Graapmann, „mi, min Broder un min Mudder, denn de witte Hingst, dat weer ik; de Bull weer min Broder un de swatte Koh min Mudder! Wi dree sünd lange Tied verwünscht we'n. Man nu is dat vörbi, un ik mutt nich wedder in min Graap. Min Broder hett en gollne Slott, dat schenkt he di to'n Dank för dat, wat du för uns daan hest, un dar woe'n wi nu leven in Glück un Freden."

Un denn hett dat en düchtige Gastbott geven, dat kannst man gloven!

Harr ik man uck dar we'n kunnt, harr ik bestimmt betere Supp kregen as to Huus, denk ik, denn dar krieg ik för gewöhnlich as Festeten blots Braatkartüffeln mit Kartüffeln to.

De dree Krummpuckels

Dat is al lang her, do hett in en lütte Dörp – up'e Naam kann ik mi nich mehr besinnen – en Schooster wahnt, de hett dree Jungs hatt, all dree mit en Puckel. Se sünd all dree bannig leeg we'n un hebben sik so liek sehn, een hett se nich ut'nanner holen kunnt.

Se sünd bi se's Vadder bleven un hebben sin Handwark lehrt. All de Schooljungs, de morrns un avends vör se's Warkstä' langkamen sünd, hebben Narr maakt na se un ut vulle Hals bölkt: „Kiek mal, de Krummpuckels! Kiek mal, de Krummpuckels!"

Toletzt langt se dat un warrn ümmer schimpt un triezt, un do kümmt een vun se mal een Dag rut mit sin Spannreem in'e Hand un neiht een vun de lütte Krabauters sodenig wecken oever, dat he dar halv benusselt liggen blifft.

Do ward dar en Klaag anbröcht gegen de dare Groffsack, un de Schandarmen kamen na de Schooster un woe'n weeten, wokeen vun sin dree Soehns de Jung haut hett. Een na de anner ward verhört, man de Schüllige kriegen se nich rut, se seggen all: „Ik bün't nich we'n! Ik bün't nich we'n!"

Do halen se de Jung, de dat drapen hett, dat he se sülven wiest, wokeen em haut hett, man he kümmt dar uck nich klaar mit, so eens, as se utseh'n.

Dat Gericht is böös in Verlegenheit un snappen de Schüllige; man dat se em liekers faat kriegen, warrn all dree Krummpuckels ut dat Dörp utwiest.

Dat is ja nu en Mallöör för se, un se weeten nich, wonem se hen schoe'n, un do gahn se lange Tied un finnen keen Ünnerkamen un keen Arbeit. Upletzt ward se dat klaar, se koenen nich tohopen blieven. Do gahn se ut'nanner, un elkeen reist in en anner Richt.

Nich lang', do finnt de öllste en Stä' bi en Schoostermeister un arbeid't dar en paar Jahr in sin Handwark. As de Meister denn dootblifft, toegert he nich lang', he heiraad't de Wittfruu. Un düchtig un flietig, as he is kriggt he en Barg Geld up'e Dutt raakt un winnt sik en gude Positschon. Man to sin Fruu ehr Mallöör ward he ieversüchtig un so leeg, he haut ehr all Näslang krumm un lahm.

Na dat se ut'neen gahn sünd, hebben de beide anner Krummpuckels en tämlich elennige Leven föhrt. Do drapen se sik mal, un tofällig hebben se hört, se's öllste Broder geiht dat guut, un do kamen se bald bi em an un beden um Hülp. Toeerst helpt he se so guut, as he kann, man dat duert nich lang' un he markt, se liggen em ümmerto blots up'e Tasch, un do bedüüd't he se, se schoe'n sik afglieden un nich mehr wedderkamen.

Do truu'n se sik lange Tied nich mehr hen na em; man mal in en lange, harde Winter dwingt de Noot se, dat se sik nich um sin Verbott kümmern. As se denn wedder ankamen, is he jüst nich dar. Blots sin Fruu drapen se an, un de is bang', dat gifft nüe Krach, wiel dat se wedderkamen sünd, un se seggt to se mit bevern Stimm, se weeten doch, se's Broder hett se verbaden un kamen wedder an. Wenn he se dar andröppt, seggt se, denn is he kumpabel un bringen se um'e Eck un ehr mit.

Se hett dat man knapp seggt, do ward se ehr Mann wies, de kümmt na Huus. Gau verstickt se de beide Bröder nedden in'e Keller, man de neegste Morrn, as se dalgeiht un will se rutlaten, do sünd se verhungert un doot.

Do verstickt se de Lieken so guut, as dat geiht, dat ehr Mann se man blots nich wies ward. To Avend, as he so as gewöhlich to Kroog gahn is, löppt se denn hen na en Lastdräger, dat de ehr ut'e Kniep helpen schall.

As he kümmt, wiest se em een vun de Lieken un seggt, he schall ehr de dare Keerl vun'e Hals schaffen. Wenn he dat klaar hett, schall he wedderkamen, un he kriggt sin Geld för sin Möögde.

De Dräger stickt de Dode in en Sack un geiht dar weg mit na de grote Au. As he weg is, packt de Schooster sin Fruu de anner Liek dar hen, 'nem de eerste legen hett. As de Mann denn wedderkümmt, seggt se, he schall mal en Ogenblick töven, se will em en Glas Wien inschenken. Un denn geiht se dal in'e Keller un deit, as wenn se en Buddel halen will. Se is man knapp nedden, do röppt se na de Dräger, he schall gau mal kamen un sik dat ankieken. He hett ja nich daan, wat he schull, seggt se, de Dode, de he wegbringen schull, is noch dar.

So liek as de dare Liek de vun sin Broder süht, fallt de Deenstmann dar up rin un seggt: „Oha, de Hallunk is wedder dar! Na, ik denk, dütmal kümmt he nich wedder." Un denn bringt he em an't Water un smitt em rin so wied, as he kann.

De Dräger is sik ja nix Leeges vermoden un geiht vull Toversicht wedder na dat Schoosterhuus, dat he dar en düchtige Sluck kriggt un sin Geld. Do mitmal, as he um en Eck büggt, steiht de Fruu ehr Mann liek vör em, he kümmt jüst ut'e Kroog un will na Huus.

Nu süht he sin Bröder ja so bannig liek, un do meent de stackels Dräger, dat is wedder desülve, de he jüst in't Water smeten hett, dat de doch nochmal wedderkamen is.

Do smitt he em de Sack oever de Kopp, treckt 'n dal bet na sin Fööt un binnt 'n so fast to, dat he nich schrien un nich rutkamen kann. Denn nimmt he em up'e Nack un slept em an't Water, un dar smitt he em rin mitsammt de Sack. Denn geiht he wedder na de Fruu, dat se em betahlt, as dat afmaakt is.

As he dar ankümmt, seggt he: „Minsch, de dare Lump! De is nochmal wedderkamen mit Fleuten, as wenn he mi argern wull. Man de heff ik so inwickelt in min Sack, de kümmt nich mehr wedder, dar stah ik för in."

„O, so'n Mallöör!" röppt se, „dat weer min Mann, de is ut'e Kroog kamen!"

„Tja, Schiet för em, he sehg de anner so liek, do heff ik dacht, dat weer de Dode, un he keem dat tweete Mal wedder."

Dat is uck Schiet för *em*, seggt de Fruu, denn wenn dat rutkümmt, dat he ehr Mann um'e Eck bröcht hett, denn ward he för wiss uphängt.

Bi de dare Snack ward de stackels Keerl bevern an all Leden, un he klaagt dar oever, wat nu up em to kamen kann. Un he schimpt up de Oolsch, de he nu to Wittfruu maakt hett, se hett de ganze Schuld to sin Unglück, seggt he.

Och, seggt se, he schall sik man wedder inkriegen un ehr nix vörsmieten. Wenn he ehr toseggen will un holen reine Mund oever dat, wat dar passeert is, denn will se em en schöne Handvull Geld geven, un em passeert nix.

Do is de Dräger beruhigt, wat sin Schicksal angeiht, un he versteiht, dat is blots to sin Vördeel, wenn he de Mund hollt, un do seggt he ehr to, wat se vun em verlangen is, un nimmt an, wat se em anbaden hett. Wat de Schooster sin Wittfruu is, de hett dat bestimmt nich leed daan un kamen up de Aart un Wies af vun en Mann, de ehr mit sin Booshaftigkeit un sin Ieversüük dat Leven to Höll maakt hett, dat lett sik ja denken.

De lütte gollne Appel

Dar is mal en Königin we'n un ehr Swiegersche, de hebben elk en Dochter hatt. De Königin ehr is smuck we'n, de anner nich.

As de Königin ehr Dochter al wat grötter is, fraagt se mal ehr Tante, um se ehr bald na ehr Broder, de König, bringen deit. Wannehr se will, seggt de Tante.

As se afreisen, stickt de Königin – se is uck en Fee –, do stickt se in ehr Dochter ehr Ärmel en lütte gollne Appel rin, wenn de Deern denn mal in Gefahr kümmt, weet se foorts Bescheed. Un de Tante kriggt sik en Esel mit twee Körf, sett ehr Broderdochter in de eene Korv un ehr eegne Deern in'e anner, un denn geiht dat los.

As se en ganze Stück weg sünd, will de Königin ehr Dochter afstiegen un wat drinken vun en Born. Se büggt sik dal, un do rutscht ehr de lütte gollne Appel ut'e Ärmel un fallt in't Water. De Deern will 'n wedder rutangeln mit en Stock, man se kann nich henlangen. „Nu man to", seggt de Tante, „strev di mal! Meenst, ik will up di luern?"

Do ward de lütte gollne Appel snacken un seggt: „Aah, ik hör, ik hör!" – „Wat, min Söten, min smucke Deern", seggt de Tante, „din Mudder hört di vun so wied weg? Nu kumm man her, dat ik di wedder up'e Esel helpen do."

Na twee Mielen will de Deern wedder afstiegen un wat drinken. Dat passt de Tante ganz un gar nich. „Nu man to!" seggt se. „Meenst, ik bün blots darto dar un luern up di?" – „Aah, ik hör, ik hör", seggt de lütte gollne Appel. – „Wat", seggt de Tante, „din Mudder kann di vun so wied weg noch hör'n? Kumm

53

man her, min smucke Deern, dat ik di wedder rup-
helpen do."

En beten wieder will de Deern wedder afstiegen,
denn se hett bannige Dörst. „Wullt du de heele Weg
ümmerto blots anholen?" fraagt de Tante, un een
kann hören, se is suer. Do hör'n se de lütte gollne
Appel heel liesen seggen: „Aah, ik hör, ik hör!" –
„Man nich mehr lang", denkt de Tante.

As se al dicht bi de König sin Slott sünd, seggt se to
de Deern, wenn se jichens een vertellen deit, dat se
de König sin Süster is, denn so will se ehr um'e Eck
bringen.

De König kümmt se in'e Mööt: „Moin, Tante." –
„Moin, Brodersoehn." He kickt ümmerto blots de
smuckere vun'e beide Kinner an. „Dat sünd ja mal
twee nüdliche lütte Deerns", seggt he. „Wat för'n is
min Süster?" – „De hier", seggt de Tante un wiest up
ehr eegne Dochter. – „Un de dare?" – „Dat is min
Dochter" seggt se. „Se mutt wat to arbeiden hebben."
– „O", seggt de König, „wat kann een en Kind denn
för'n Arbeit geven?" – „Wenn I nix för ehr to doon
hebben, reis ik foorts morrn wedder af." – „Na ja",
seggt he, „se kann ja de Göös wahr'n."

To Avend gifft de Tante de stackels Deern nix to
eten, un se mutt up en beten Stroh in'e Stall slapen.
De neegste Morrn gifft se ehr en Stück Broot, dröög
as Torf, backt vun Gassen un Hafer, un dar hett se
Gift in daan. Do drifft de Deern denn afste' mit de
Göös na en Feld.

„Kumm, min lütte Göös, kumm un fret dat Broot,
wat se mi to Middag mitgeven hebben. Nu bün ik al

en ganze Dag bi min Broder, de König, un heff noch nich natt un nich dröög kregen."

Man de Göös woe'n dat Broot nich freten. Se marken sachs, dar is Gift in. As de Dag to Enne geiht, kümmt de Deern denn wedder an, fein schietig un fein natt, un leggt sik slapen blangen de Esel.

Dat is de Tante wies wurrn, un do seggt se to de König, he schall de dare Esel dootmaken laten. Um se würklich will dat dare stackels Deert doothau'n laten, seggt he, dat kümmt doch vun se's Vadder un Mudder. Wenn he dat nich deit, seggt se, denn so will se dar nich mehr länger blieven. Do lett de König de Esel dootmaken, un de Kopp ward an'e Schüündör nagelt.

Wieldes is de Deern wedder afste' na't Feld mit de Göös. Ehr Tante hett ehr wedder, so as an'e Dag vörher, en Stück Broot mitgeven. Se is bannig trurig un halfdoot vör Smacht.

„Kumm, min lütte Göös, kumm un fret dat Broot, wat se mi mitgeven hebben to Middag. Nu bün ik al twee Daag bi min Broder, de König, un heff noch nich natt un nich dröög kregen."

De neegste Morrn gifft ehr Tante ehr wedder en Stück Broot ut Gassen un Hafer mit Stroh un Gift in, un se treckt wedder na't Feld mit de Göös. Man de König hett sik achter en Boom stellt, he will doch mal hör'n, wat de Deern seggt.

„Kumm, min lütte Göös, kumm un fret dat Broot, wat se mi mitgeven hebben to Middag. Nu bün ik al dree Daag bi min Broder, de König, un heff noch nich natt un nich dröög kregen. O, wenn min Broder, de König, weeten dä, wat se mit mi maken!"

„Kumm her, min Lütte", röppt de König, „ik bün din Broder." He nimmt ehr in'e Arms un geiht mit ehr t'rügg na't Slott. Denn seggt he söss Mann Bescheed, se schoe'n en grote Hupen Brennholt upstapeln, un denn lett he de Hupen ansteken un sin Tante dar rup smieten un verbrennen. Ehr Dochter, de ward Kamerdeern bi de junge Prinzessin, un do leven se all glücklich tohopen.

De Prinzessin vun Tronkolanien

Düt is passeert vör vele Jahr'n,
as de Höhner Tähns noch harrn.

Dar is mal en ole Koehlenbrenner we'n, de hett al fievuntwintigmal Kinddööp hatt. Do kann he för dat sössuntwintigste Kind, wat em baren ward, keen mehr finnen to Vadderstahn. En Vaddersche hett he woll funnen. As he so geiht un en Vadder söcht, kümmt em en feine Kutsch in'e Mööt, dar sitt de König in. Do geiht he merrn up'e Straat dal up'e Kneen mit'e Hoot in'e Hand. As de König em wies ward, stiggt he ut ut sin Kutsch un gifft em en Gold-stück.

Um Vergevung, seggt de Koehlenbrenner, dat geiht em nich um Almosen, man he söcht een to Vadder-stahn bi sin letzte Kind, wat jüst baren is, un he kann keen finnen. – Warum dat denn nich, fraagt de König. – Ja, seggt he, he hett al fievuntwintigmal Kinddööp hatt, un all sin Navers hebben al bi em Vadder stahn. En Vaddersche finnt he woll. – Is guut, seggt de König, he schall man na Huus gahn. Un denn schall he mit dat Kind un de Vaddersche na de Kirch kamen, he sülven will denn Vadder stahn.

Un do geiht de ole Koehlenbrenner vergnöögt wedder na sin Kaat. De Vaddersche kriggt Bescheed, un denn gahn se mit dat Kind na de Kirch. De König is al dar un luert.

As se mit de Dööp klaar sünd, gifft de König de Vadder to dat Kind dusend Daler, dat he sin Paat groottrecken un to School schicken kann. Un denn gifft he em dat Halve vun en lütte Goldtafel, dat schall he de Jung geven, un de schall dat de König

57

wedderbringen, wenn he achtein Jahr oold is. Denn glitt de König sik af. De Jung hebben se Korl nöömt.

As he soeven oder acht Jahr oold is, schicken se Korl to School, un he lehrt allens, wat nödig is. As he denn achtein is, gifft sin Vadder em de dare halve Tafel un seggt, dar schall he mit na sin Patenunkel, de König, na de Königsstadt gahn. De Jung maakt sik up'e Weg up en feine Perd un mit sin halve Gold-tafel in'e Tasch, un he süht richtig smuck ut. In en smalle Hollweg bemött he en lütte Oolsch, un de seggt to em, en lütte beten wieder kümmt he an en Born, un dar bemött he denn en Keerl, de ward em inladen un drinken wat. Man he schall man jo wie-derrieden un nich drinken, eendoont wo dull de anner dar up bestahn deit. Is guut, seggt Korl, he will nich vun de dare Born drinken.

As he na de Born kümmt, süht he dar en Keerl in'e Schatten sitten as so'n Reisen, de sik en Ogenblick utruh'n deit, un de seggt to em, he schall doch man herkamen un wat Water drinken. – Besten Dank, seggt he, man he hett keen Dörst. – He schall doch man blots een Drüpp drinken, seggt de anner, so'n feine Water hett he noch nie nich to drinken kregen.

He blifft so lang' bi, bet de Jung hengeiht un dat Water probeern will. Man as he dalgeiht up'e Kneen, dat he ut de Trogg drinken will, nimmt de anner em de halve Goldtafel ut'e Tasch, jumpt up sin Perd un galoppeert weg. Korl löppt achterna, man he kan em nich faat kriegen, un dat duert nich lang', do kann he Mann un Perd nich mehr seh'n.

„Ohaueha", seggt he to sik sülven, „harr ik man na de Oolsch ehr Raat hört. Wat nu? Eendoont! Ik gah to Foot. Fröher oder later kaam ik al in'e Stadt an, dat anner seh'n wi denn." Un denn maakt he sik wedder up'e Padd.

As de Mann vun'e Born, de Deef, in'e Stadt ankümmt, geiht he foorts hen, he will mit de König snacken, un do wiest he em sin halve Goldtafel. Se leggen de beide Hälften bi'nanner, un de seh'n sik heel liek un passen akraat tosamen; so guut, dat de Keerl vun'e König willkamen heeten ward – he meent ja, dat is sin Paat –, un he hett all de Daag nix to doon as eten, drinken, schlampampen un spazeern gahn.

Wat later kümmt Korl uck. Do nehmen se em an up't Slott as Schäper. De verkehrte Paat ward dat wies, un do ward he ja bang' un söcht na Middels un Weg' un warrn em los un verdarven em.

Mal fraagt he de König, um he weet, wat de Schaapwahrer seggt hett. – „Na, wat denn?" fraagt de König. – He hett seggt, he is kumpabel un gahn na de Sünn un fragen, warum 'n morrns, wenn 'n hoochkümmt, so root is, seggt he. – Och wat, seggt de König, dat is ja gar nich moeglich, tominnst, wenn he sin Fiev noch up'e Dutt hett. – Up Ehr un Geweten, seggt he, he hett dat seggt, un em dücht, dat weer richtig un schicken em dar denn uck hen.

Do ward de Schäper na de König bestellt. Na, seggt de König, un he hett seggt, he weer kumpabel un gahn na de Sünn un fragen, warum 'n so root is, wenn 'n morrns hoochkümmt? – Wat? seggt de Schäper. Wodennig he woll sowat seggen kunn. – He hett dat seggt, seggt de König, sin Paat hett em dat vertellt. Nu schall he denn uck doon, 'nem he vun pocht hett, wenn nich, kost't em dat sin Leven. De neegste Morrn schall he afste'. Do is de stackels Korl ja böös in'e Kniep, dat kannst mi gloven. De heele Nacht kriggt he keen Oog to.

De neegste Morrn, ehrer dat losgeiht, sleit he dat Krüüz un seggt: „In Gotts Naam denn!" – He dreiht na Oosten to. He is noch nich wied kamen, do bemött he en ole Mann mit en witte Baart, de fraagt em, wonem he up dal will, un warum he so trurig is.

Wonem he hen schall, seggt he, dat weet he gar nich recht; un wenn he trurig is, so hett dat sin Grund. De König het em updragen, seggt he, he schall hen un fragen de Sünn, warum 'n so root is, wenn 'n morrns upgeiht.

„Na, min Jung", seggt de Ole, „denn hör mal to un do akraat dat, wat ik di nu seggen do. Hier hest du en Stekenperd. Dar settst du di rup, un de bringt di na't Land, 'nem de Sünn upgeiht. Dar kümmst du nedden an en ganz hoge Barg. Denn stiggst du af un lettst din Perd nedden an'e Barg un klarrst ganz na baven rup. Dar warrst du en smucke Slott wies. Dat is de Sünn sin Slott. Du muttst blots ringahn un doon, wat di heeten is." – „Velen Dank uck", seggt Korl.

Korl sett sik up dat Stekenperd, un dat stiggt mit em in'e Luft, un nich lang', do sünd se nedden an de hoge Barg. Korl klarrt dar alleen ganz na baven rup. Do kriggt he de Sünn sin Slott up Sicht, he geiht dar rin, ahn dat em een upholen deit, un fraagt: „Is de Sünn to Huus?" – „Nee", seggt en ole Fruu, de dar binnen is – sachs sin Mudder; „wat wullt du denn vun em?" – „Ik mutt nootwennig mit em snacken, lütt Mudder." – „Na! Wenn du en beten töven wullt – he mutt glieks kamen. Man min stackels Jung, min Soehn hett sachs grote Hunger, wenn he kümmt, un denn will he di bestimmt upeten. Man bliev man liekers hier, du gefallst mi, un ik warr em al stüern, dat he di nix deit."

Nich lang', do kümmt de Sünn na Huus un bölkt: „Ik heff Hunger! Ik heff grote Hunger, Mudder!" – „Dat is fein, sett di dal, min Soehn, ik gev di foorts wat to eten", seggt de Oolsch. – „Ik rüük en Christenminsch, Mudder, de mutt ik upeten!" röppt de Sünn na en Ogenblick. – „Na, wat du di denkst; wenn du meenst, ik laat di düsse Jung upeten, denn hest di mal fein sneden! Kiek doch mal, wat för'n smucke Bengel!"

„Wat hest du hier to söken?" fraagt de Sünn Korl. – „Ik heff Order kregen, Herr Sünn, ik schull hierher kamen un Ju fragen, warum I morrns so root sünd, wenn I upstahn." – „Na guut, ik do di nix, denn du gefallst mi, un ik will di uck vertellen, wat du weeten wullt. De Prinzessin vun Tronkolanien wahnt dar in en Slott blangen min, un do mutt ik mi elkeen Morrn in all min Pracht wiesen, wenn ik bi ehr Hüsen vörbikaam, dat se nich smucker is as ik."

De neegste Morrn steiht de Sünn fröh up un fangt sin Reis an so as ümmer, un Korl geiht to lieker Tied mit em. He klarrt dal vun'e Barg, un dar töövt sin Stekenperd up em. He sett sik dar rup un is in Null Komma nix wedder dar, 'nem he de Ole bemött is. De is noch dar un luert up em.

„Na, min Jung", seggt he, „hest du Glück hatt mit dat, wat du vörharrst?" – Ja, würklich, seggt Korl, un de leeve Gott mag em darför sin Segen geven. – Is al guut, seggt de Ole, wenn he em bruken deit, denn schall he em man ropen, denn süht he em wedder. – Un mitmal is he weg, keeneen weet wodennig.

As Korl wedder na de König sin Slott kümmt, wunnern se sik all, wo tofreden un vergnöögt he utsüht. Na, seggt de König, um he em nu foorts seggen will, warum de Sünn so root is, wenn 'n upsteiht. — Ja, seggt he, dat will he em vertellen. — Na, seggt de König, warum denn? — Ja, seggt he, nich wied af vun de Sünn sin Slott liggt de Prinzessin vun Tronkolanien ehr, un he mutt elkeen Morrn, wenn he ünner dat dare Slott lang kümmt, all sin Pracht wiesen, dat se em nich oeverstrahlen deit. — Is guut, seggt de König un schickt em wedder na sin Schaap.

Nich lang' darna seggt de unrechte Paat wedder to de König, um he weet, wat de Schaapwahrer seggt hett. — Na, fraagt de König, wat he denn seggt hett. — He hett seggt, he is kumpabel un halen em de Prinzessin vun Tronkolanien her, dat de König ehr heiraden kann. — Denn schall he em foorts herschicken na em, seggt de König.

Stackels Korl geiht hen na de König un is recht benaut. — Na, seggt de König, un he hett seggt, he is kumpabel un halen em de Prinzessin vun Tronkolanien her, dat se sin Fruu ward? — Wodennig he sowat woll seggen kunn, seggt Korl. He weer ja woll ganz un gar verrückt, wenn he sowat seggen dä. — He hett darmit angeven, seggt de König, un nu mutt he dat uck doon, anners kost't em dat sin Leven.

De neegste Morrn maakt Korl sik wedder up'e Padd, trurig un vull Sorgen. „Wenn ik man wedder de Ole vun letzt bemöten dä", seggt he bi sik sülven. Knapp hett he dat utspraken, do ward he de Ole wies, de kümmt em in'e Mööt.

„Gu'n Dag, min Soehn", seggt he. — „Wünsch ik uck, Grootvadder", seggt he. — „Wonem wullt du denn up dal, min Jung?" – „Och, Grootvadder, ik weet nu gar nix mehr. De König hett mi wedder Order geven, ik schall de Prinzessin vun Tronkolanien an sin Hoff halen, un ik weet nich wodennig ik mi hebben schall." – „Is al guut, min Jung. Nimm eerstmal düsse witte Staff. Un denn geihst du wedder hen na de König un seggst, du bruukst dree Schep, een vull Grütt, een vull Speck un een vull Soltfleesch. De Grütt is för de König vun'e Pissmier'n[1]; em finnst du up en Eiland merrn in'e See. Wenn du na dat dare Eiland kümmst, fraagst du: ‚Wahnt hier nich de König vun'e Pissmier'n?' Ja, seggen se denn. ‚Na, ik heff en Geschenk för em', seggst du denn un wiest up dat Schipp vull Grütt. Denn kamen all de Pissmier'n vunn't Eiland, un in Null Komma nix hebben se dat Schipp löscht. ‚Min beste Wünsche scho'en mit di gahn!' seggt de König vun'e Pissmier'n denn, ‚un wenn du uns mal bruken deist, denn roop man na de König vun'e Pissmier'n, denn kaam ik foorts an.' – En Enne wieder kümmst du na en anner Eiland, dar wahnt de König vun'e Löwen. Wenn du dar an- kümmst, fraagst du wedder: ‚Wahnt hier nich de König vun'e Löwen?' – Ja, kriggst du denn as Ant- woort, de wahnt hier. Un denn seggst du: ‚Dat is man, ik heff hier en Geschenk för em.' Un du wiest se dat Schipp vull Speck. Denn sühst du Löwen an- kamen vun all Ecken un Ennen vun't Eiland, un in Null Komma nix is dat Schipp leddig. Denn seggt de König vun'e Löwen uck: ‚Min beste Wünsche schoe'n mit di gahn! Un wenn du uns mal bruken deist, denn roop man na de König vun'e Löwen, denn kaam ik foorts an.' Toletzt kümmst du denn na en drütte Eiland, dar wahnt de König vun'e Falken. Wenn du

---

[1] Pissmier = Ameise

dar an Land geihst, fraagst du: ‚Wahnt hier nich de König vun'e Falken?' Ja, seggen se denn, de wahnt hier. ‚Dat is guut', seggst du denn, ‚ik heff hier en Geschenk för em.' Un denn wiest du se dat Schipp vull Soltfleesch. Denn kümmt de König vun'e Falken mit sin Lüüd, un in Null Komma nix is dat Schipp leddig. ‚Min beste Wünsche scho'en mit di gahn!' seggt denn uck de König vun'e Falken. ‚Un wenn du mi mal bruken deist, denn roop man blots na de König vun'e Falken, denn kaam ik foorts an.' – De König, din Patenunkel, ward di de dree Schep vull Grütt, Speck un Fleesch levern. Ehrer du an Boord geihst, maakst du en Krüüz mit din witte Stock in'e Sand an'e Strand, denn weiht dar foorts en passliche Wind und bringt di hen, 'nem du hen scha'st. Pass up, dat du allens jüst so maakst, as ik di dat seggt heff, denn slumpt di dat."

„Velen Dank uck", seggt Korl, „un min beste Wünsche schoe'n mit di gahn." Un he maakt sik up'e Padd.

Denn is Korl up See mit sin dree Schep. He kümmt na't eerste Eiland, 'nem de König vun'e Pissmier'n wahnt, un he fraagt: „Wahnt hier nich de König vun'e Pissmier'n?" – „Ja", seggen se, „de wahnt hier." – Fein, seggt he, he hett dar en Geschenk för em. Se schoe'n em doch mal Bescheed seggen, dat he kümmt un sik dat haalt.

Do seggen se de König vun'e Pissmier'n Bescheed, un nich lang', do kümmt he an mit en gewaltige Barg Pissmier'n. Un in Null Komma nix hebben se dat Schipp leddig, un de König seggt: „Min beste Wünsche schoe'n mit di gahn, Korl, König sin Paat! Du hest uns rett't, denn de Hunger hett min Riek rein

64

toschannen maakt, un wenn du mi un min Lüüd mal bruken deist, denn roop man blots na de König vun'e Pissmier'n, denn kaam ik foorts an."

Korl reist denn wieder, un, dat ik dat kort maak, he kümmt na dat Eiland, 'nem de König vun'e Löwen wahnt, un na dat, 'nem de König vun'e Falken wahnt. He deit akraat, wat de Ole em seggt hett, un all seggen se em to, se woe'n em helpen un schulen, wenn't nödig deit. Ehrer he vun dat Falkeneiland afleggt, fraagt he se's König, um he noch wied af is vun de Prinzessin vun Tronkolanien ehr Slott.

He hett noch en arige Stück Weg vör sik, seggt de Falkenkönig, man he ward dar al heel un gesund henkamen. Wenn he dar ankümmt, sitt de Prinzessin bi en Born un is bi un kämmen ehr blonne Haar mit en fiene Kamm vun Gold un en groffe Kamm vun Elfenbeen. He schall sik dar jo vör wahren, dat se em toeerst wies ward, denn so behext se em. Se sitt dar ünner en Appelsinenboom, de spreed't sik dar oever de Born. He schall dar ganz, ganz suutje hengahn un up'e Boom rupklarrn, een Appelsin afplöcken un gau in'e Born smieten. Denn kriggt de Prinzessin de Kopp tohööcht un grient em an. Un denn ward se em inladen, he schall dalstiegen un mit ehr na ehr Slott kamen. He kann denn ruhig mitgahn, he bruukt nich bang' we'n. – Velen Dank, seggt Korl to de König vun'e Falken un reist wieder.

Dat duert nich lang', do kümmt he nedden bi dat Slott an – en ganz prachtvulle Slott. He süht de Prinzessin bi de Born, se is bi un kämmen ehr blonne Haar mit en fiene Kamm vun Gold un en groffe Kamm vun Elfenbeen ünner en Appelsinen- boom. He klarrt rup up'e Boom, ahn dat se dat wies ward, plöckt en Appelsin af un smitt 'n in'e Trogg vun'e Born. Do kriggt de Prinzessin de Kopp hooch, ward Korl wies un seggt: „Och Korl, König sin Paat, dar büst du ja! Hartlich willkamen! Kumm dal un gah mit mi rin in min Slott. Ik will di nix Leeges, in Gegendeel." Do geiht Korl mit ehr na ehr Slott. Noch nie nich hebben sin Ogen sowat Smuckes to seh'n kregen.

He is al veertein Daag dar bi all Aarten vun Vergnögen, do fraagt he ehr mal, um se inverstahn is un kamen mit em na de König sin Slott. – Ja, geern, seggt se, wenn he vörher dree Upgaven löst, de se em stellen will. – He will sin Bestes doon, seggt he.

De neegste Morrn bringt de Prinzessin em na en Spieker un vör en grote Barg Saat vun all Slag'en. Dar is Saat vun Flass, Kleever, Hemp, Röven un Kohl, all dör'nanner. Ehrer de Sünn dalgeiht, seggt se, mutt he all de Saatkoorns vun datsülve Slag up een Hupen kriegen, un in keen vun de Hupens dörf dar uck man een verkehrte Koorn mang we'n. Denn geiht se weg.

As Korl, de dare Stackel, denn alleen is, kriggt he dat Blarrn, denn he gloovt ja nich, dat jichens en Minsch up'e heele Welt so'n Stück Arbeit klaar kriegen kann. Do ward he an de König vun'e Pissmier'n denken. De hett ja to em seggt, seggt he bi sik, wenn he em un sin Lüüd nödig hett, mutt he em blots ropen, un denn kamen se em to Hülp. Em dücht, nu hett he se nödig nugg. He will doch mal seh'n, um he de Wahrheit seggt hett.

„König vun'e Pissmier'n", seggt he, „kumm mi to Hülp, ik heff di bitter nödig!" – Un foorts is de König vun'e Pissmier'n dar. „Wat steiht to Deensten, Korl,

König sin Paat?" fraagt he. – Korl vertellt em vun sin Verlegenheit. – „Wenn't wieder nix is, wes man ganz ruhig, dat is gau daan."

Do röppt de König sin Lüüd, un foorts kamen dar so vel Pissmier'n, de heele Foortborm vun'e Spieker is dar vull vun. He vertellt se, wat to doon is, un foorts sünd se all bi de Arbeit. As dat klaar is, seggt de König vun'e Pissmier'n to Korl: „Ferdig!" Korl bedankt sik bi em, un denn glitt he sik af mit all sin Pissmier'n.

As de Sünn dalgeiht, kümmt de Prinzessin, un do sitt Korl ganz ruhig dar un luert up ehr. „Is de Arbeit daan?" fraagt se. – „Ja, Prinzessin, allens klaar", seggt he ganz ruhig. – „Na, mal kieken."

Un denn kickt se sik all de Hupens genau an. Vun elkeen nimmt se en Handvull un kickt de vun ganz neeg an. Man se finnt keen Stä' en verkehrte Koorn, dat nich an sin Platz is. Dar is se heel verbaast. „Dat is gude Arbeit", seggt se; „denn laat uns man eerstmal wat eten."

De neegste Morrn gifft se Korl Order, he schall en lange Allee vun grote Eeken dalhau'n, un as Warktüüg gifft se em en Äx ut Holt, en Saag ut Holt un Kielen ut Holt. De Böme moeten all an'e Grund we'n bet de Sünn ünnergeiht, noch an'e sülve Dag. Do is unse Mann fein in'e Kniep.

Wenn nich de König vun'e Löwen em to Hülp kümmt, seggt he to sik sülven, kriggt he dat dütmal nie un nümmer klaar. Un do röppt he de König vun'e Löwen: „König vun'e Löwen, kumm mi to Hülp, dat is bitter nödig!" Un de König vun'e Löwen is foorts dar.

„Wat steiht to Deensten, Korl, König sin Paat?"
fraagt he. – Korl vertellt em vun sin Verlegenheit. –
„Anners nix? Denn wes man ganz ruhig, dat duert
nich lang'."

De König gifft en gewaltige Broel[1] vun sik, un foorts
kamen dar Löwen an, de heele Allee vull. „Nu man
ran, Kinners", seggt de König to se, „riet all düsse
Böme ut un maak se twei, un dat gau!" Un do gahn
se foorts an't Wark un arbeiten, elkeen so dull, as he
kann. Allens is klaar un t'recht, noch ehrer de Sünn
dalgeiht.

As de Prinzessin kümmt, wunnert se sik, as se süht,
all de Eeken sünd utreten un lütt maakt un Korl
liggt up'e Rügg un slöppt – oder deit tominnst so.
„Na, dat is doch mal en Keerl!" denkt se bi sik.

Se geiht ganz suutje up Tehnspitzen na Korl ran un
gifft em twee Sötens. Do ward Korl waak. „De Arbeit
is daan, so wied, as ik seh'n kann", seggt de Prinzes-
sin. – „Ja, Prinzessin, de Arbeit is daan." – Dat is
fein, seggt se, denn woe'n se man eten, denn he mutt
doch Hunger hebben.

De neegste Morrn kriggt he Bescheed, he schall en
grote Barg afdrägen un glatt maken, vel, vel höger
as de Bungsbarg. He kriggt en Schuvkaar un en
Schüffel ut Holt, un de Arbeit mutt ferdig we'n,
ehrer de Sünn dalgeiht.

As he nedden an'e Barg ankümmt, steiht Korl eerst-
mal to kieken, un he seggt bi sik: „Wodennig schall
ik dat maken? Dar kaam ik ja nie nich mit t'recht.
Man de König vun'e Falken hett ja noch nix för mi

---

[1] Gebrüll (von dän. brøl)

daan. Em mutt ik man ropen, anners blifft mi nix na. – König vun'e Falken, kumm mi to Hülp, ik heff dat bitter nödig!" röppt he. Un foorts geiht de König vun'e Falken blangen em dal.

„Wat steiht to Deensten, Korl, König sin Paat?" fraagt he. – De Prinzessin vun Tronkolanien, seggt Korl, de hett seggt, he schall de dare hoge Barg afdrägen un glatt maken, ehrer de Sünn ünnergeiht, un wenn he em nich to Hülp kümmt, weet he nich, wodennig he dar mit klaar kamen schall. – Wenn't wieder nix is, seggt de Falkenkönig, denn schall he man ganz ruhig we'n, dat is daan, ehrer de Sünn dalgeiht.

Do gifft de König vun'e Falken en gefährliche Schrie vun sik, un foorts kamen de Falken in so'n grote Tall, dat de Sünn sik verdüüstert. „Wat liggt an, unse König?" fragen se. – „Bring de dare Barg weg, dat dar en glatte Flach is, un dat gau, gau, Kinners!"

Un do rieten se de Barg vuneen mit se's Krallen un smieten de Eerde in'e See, un dat geiht so gau, de Arbeit is daan, lang' ehrer de Sünn dalgeiht, un keeneen kann noch seh'n, dat dar morrns en Barg we'n is. As de Sünn dalgeiht un de Prinzessin kümmt, liggt Korl to slapen ünner en Boom, un se gifft em nochmal twee Sötens. Do ward he foorts waak un seggt: „So Prinzessin, de Arbeit is daan. Kiek, dar is keen Barg mehr. Nu kamen I doch sachs mit mi na de König sin Slott?" – „Vun Harten geern", seggt se, „laat uns man foorts afste'."

Un do begeven se sik na de Küst an'e See. Korl sin Schep liggen noch dar. Se gahn an Bord, un dat duert nich lang', un se sünd in dat Land, 'nem Korl to Huus is. Ünnerwegens besöken se noch de Ole, un he fraagt Korl, um he dat schafft hett. – Ja, seggt Korl, un Gott sin Segen schall mit em we'n. – Fein, seggt de Ole. Nu schall he man foorts na sin Paten-unkel gahn; sin Lieden un Maleschen sünd vörbi, seggt he, un nu hett he em denn nich mehr nödig.

As Korl mit de Prinzessin vun Tronkolanien na de König sin Slott kümmt, sünd se all verbaast, so smuck as se is. De ole König kümmt rein ut'e Tüüt un will ehr foorts heiraden, liekers sin Fruu, de Königin, noch gar nich doot is.

Nee, seggt de Prinzessin, dar is se nich um her-kamen, dat se em heiraden will, un al gar nich de dare Düvel, de bi em husen deit. – En Düvel? Bi em? röppt de König. Wonem de denn woll is. – De he för sin Paat holen deit, seggt se, dat is en Düvel, un hier is sin richtige Paat, un darbi wiest se up Korl. He hett so vel utstahn musst, seggt se, un dat mutt wed-der guut maakt warrn, un em will se heiraden.

Man wodennig se denn de Düvel loswarrn schoe'n fraagt de König. – „Söök eerstmal en junge Fruu, de frisch verheiraad't is un ehr eerste Kind hebben schall. Wenn I ehr funnen hebben, maak en Aben wittglöhnig un smiet de Düvel dar rin. He ward rum-ramentern un hulen vör Raasch un allens doon, wat he kann, un kamen rut ut'e Aben. Man de junge Fruu hollt em dar binnen, wenn se em ehr Truuring wiest."

Se finnen en junge Fruu, de ehr eerste Kind hebben schall, un se maken en Aben wittglöhnig un smieten de Düvel dar rin. De ramentert un bölkt ganz gresig, dat heele Slott bevert dar vun. Man wenn he ver-söcht un kamen ut't Füer rut, wiest de junge Fruu em ehr Ring an't Abenlock, un he mutt t'rügg. Do seggt he, wenn he noch een Jahr dar bleven weer, harr he dat Riek tonicht maakt. Man nu mutt he dar krepeer'n.

Do heiraad't Korl de Prinzessin vun Tronkolanien. De ole Koehlenbrenner, sin Fruu un all sin Kinner sünd uck mit to Hochtied we'n. Do hett dat en grote Festeten geven! Un een Larm un Radau un ewige Schlampamperie! De Klocken hebben lüüd't in vulle Swung, de grote Fahn is rutkamen, un de Fiedeln vörweg!

De wille Soeg

Dar is mal en Junker we'n, de is up Jagd gahn. Do bemött he in en grote Holt nich wied vun sin Slott en wille Soeg. He leggt up 'n an un will jüst afdrücken, do ward dat Deert mitmal snacken un seggt, he schall nich up 'n schöten, denn he mutt 'n heiraden.

„Wat seggst du?" röppt de Junker. „Ik, en wille Soeg heiraden?" – „Ja", seggt de Soeg, „gah bitieden na Huus, un denk dar an, wat ik di seggt heff: Ik warr din Fruu!" – Un do geiht he wedder na Huus, heel trurig un nadenkern.

Wat denn mit em passeert is, dat he so trurig is, fraagt sin Mudder em. – Och, seggt he, he is up Jagd we'n un is en wille Soeg bemött, un as he up 'n anleggt hett, hett 'n upmal snackt as en Minsch un hett seggt, he mutt 'n heiraden. – „Oha, min stackels Jung", seggt sin Mudder, „wenn se dat seggt hett, denn mutt dat uck sodennig we'n. De dare Soeg huust in en ole Slott up'e anner Siet vun't Holt."

Vun de Dag an kümmt de Soeg elkeen Dag un besöcht de junge Eddelmann, un de hett dar so vel Kummer vun, he is dicht darvör un dreih'n dörch. Toletzt kriggt he ehr Besökerie un ehr Andrääg al gar nich mehr ut'e Kopp, un do seggt he: „Na, wenn't denn sodennig we'n mutt, laat uns man seh'n un kriegen dar en Enne up. Laat uns denn man na de Preester gahn."

Do gahn se denn to Kirch. De Preester is ja bannig verbaast un will dar eerst nich ran un verheiraden en Christenminsch mit en wille Soeg. He schall se man driest tohopengeven, seggt de Soeg, denn dat he ehr in de dare Gestalt süht, dat is blots ehr Mudder ehr Schuld. Un do gifft de Preester se tosamen.

De Soeg geiht mit ehr Mann na ehr Slott, dat is bannig smuck. Ehr Vadder is doot, man ehr Mudder levt noch un wahnt mit ehr in dat dare Slott.

De junge Eddelmann wennt sik bilütten an sin Fruu, un toletzt hett he ehr sogar leev, so as se is. Do kümmt de Soeg in anner Umstänne.

Dree Maanden na de Hochtied geiht de Eddelmann mal in'e Slottsgaarn spazeern, un do süht he dree smucke Blöme, de is he vörher noch nie nich wies wurrn. Man so as de Blöten wassen un in'e Hööchde gahn, so verdrögen de Bläder un fallen af. Dat, dücht em, is en leege Vörteeken. Un he fraagt sik vull Sorgen, um sin Fruu vellicht dootblieven schall.

Na negen Maanden bringt sin Fruu denn dree Jungs upmal up'e Welt, dree feine Kinner! Se warrn döfft, un denn kriegen se Kinnerdeerns. All dree hebben se gollne Haar, un wenn se kämmt warrn, fallen dar Goldstücken vun se's Köppe.

De Vadder dörf de Kinner nich anfaten, dat hett de Soeg em verbaden; he kriggt se blots mal dör't Sloetellock to sehn, wenn se's Kinnderdeerns se kämmen.

Söss Maanden later geiht de Vadder wedder in'e Slottsgaarn spazeern, un do süht he wedder dree wunnerbare Blöme. Man so as de Blöten wassen un up'e Stengeln in'e Hööchde gahn, so verdrögen de Bläder un fallen af. Dat maakt em wedder unruhig, wat sin Fruu angeiht. Man na negen Maanden bringt de Soeg nochmal dree Jungs to Welt, noch smucker as de eerste dree. De warrn uck döfft, un se kriegen Kinnerdeerns, un dar ward allens för se daan, wat een sik man denken kann. Se hebben uck gollne Haar, un wenn se's Mudder se kämmen deit, fallen dar uck Goldstücken vun se's Köppe.

Söss Maanden later, as he wedder mal in'e Slottsgaarn spazeern geiht, ward de Vadder nochmal dree smucke Blöme wies. Man so as de Blöten wassen un in'e Hööchde gahn up se's Stengeln, so verdrögen de Bläder un fallen af. Do kriggt he dat noch duller mit de Unruh vun wegen sin Fruu. Man na negen Maanden schenkt de Soeg nochmal dree Kinner dat Leven – dütmal dree Deerns, smuck as de junge Dag. Do sünd dat negen Kinner in nichmal dree Jahr!

Do seggt de Soeg to ehr Mann, nu is se erlöst, un dat hett se em to verdanken. Ehr Mudder hebben de Kinner vun all de anner Fruuns ümmer grimmig un wanschapen dücht, un do hett Gott ehr strafen wullt un hett ehr en Soeg as Dochter geven.

Un in't sülve ännert se ehr Utsehn un ward en smucke Königsdochter.

Hans de Baar

Dar is mal een we'n – dat is al so lang' her, een weet gar nich mehr so recht, to wat för'n Tied dat we'n is – de hett för de stärkste Keerl up'e heele Welt gullen. Wenn he ünnerwegens we'n is, hett he ümmer en Boomstamm as Stock bruukt, un de Lüüd hebben em blots Hans de Baar nöömt, sachs för sin afsünnerliche Bedriften un sin gewaltige Knoev.

Mal is he up Jagd in't Holt, do bemött he en Keerl vun sin Grötte, de is bi un flitscht – mit Moehlsteens. „Öh, du dar!" röppt he. „Ja, du! Ik dache, ik weer de Stärkste vun'e Welt. Man du hest ja woll noch mehr Knoev as ik! Kumm doch mit, to tweet koenen wi uns fein verdeffendeern, wenn uns een wat will!"

Se gahn tosamen dör't Holt, do bemöten se noch en Keerl, de dreiht sik Eeken to Tauen. Hans de Baar seggt to em: „Öh, du dar! Ja, du! Wi hebben beide dacht, wi weern de Stärksten vun'e Welt, man du hest ja noch mehr Knoev as wi. Kumm mit uns, wi dree koenen uns fein verdeffendeern, wenn uns een wat will!"

Do maken se sik all dree up'e Padd, man as se so gahn un snacken, dat se sik beter kennenlehr'n, kriegen se dat gar nich mit, dat dat Nacht ward in't Holt. Un de Nacht ward so düüster, dat se rein verbiestern.

Do seggt Hans de Baar to de, de mit de Moehlsteens flitscht hett, he schall doch mal up en Boom klarrn un kieken, um dar jichens en Stä' Licht to sehn is. De Keerl stiggt up en hoge Eek un seggt denn to sin Mackers, he kann en Licht sehn, man dat is wied, wied weg. He schall sik de Richt guut marken, seggt Hans de Baar, dat he se dar henbringen kann.

Denn maken se sik wedder up'e Padd mit de, de dat Licht sehn hett, vörweg. Se sünd en ganze Tied gahn, do kamen se an en Slott, un dar fragen se, um se koenen Nacht blieven.

Ja, seggt de Herr, he hett dar dicht bi en ole Slott, dat steiht leddig, keeneen will dar wahnen, denn dat spökelt dar ja woll. Wenn se dar loscheer'n woe'n, denn dörven se dat vun Harten geern. Ja, dat woe'n se noch, seggt Hans de Baar, wenn he se mitgeven will, wat he verlangt. Se bruken en Fackel för un lüchten, en Fatt mit Wiehwater un en Quast.

Dat kriegen se, un denn gahn se all dree na dat Spökelslott, un en Deener geiht mit un bringt se hen. As se dar sünd, schicken se em wedder weg, steken de Fackel an un gahn dör de wichtigste Deel vun't Slott. Dar stahn allerwegens Möbeln, as wenn dar Lüüd wahnen, un dat wunnert se düchtig. Se wunnern sik noch mehr, as se sehn, in'e Spieskamer liggt allerhand Mundvörraat, so as wenn dar up se luert ward. Nu hett Hans de Baar de heele Weg ümmerto jaagt un allerhand Wild schaten. un he seggt to de, de mit Moehlsteens flitscht hett, he schall se man wat to eten maken, man ut'e Spieskamer schall he nich mehr nehmen as blots dat Allernödigste. Wieldes woe'n de anner beiden sik rund um't Slott umkieken, dat dar keeneen kümmt un se stört. Man se koenen nix Verdächtiges wies warrn, un do gahn de beiden wedder rin un spelen Kaarten.

As dat Eten gar is, seggt de, de dat maakt hett: „Eten is ferdig!" Fein, seggt Hans de Baar, denn schall he se dat man in'e Etstuuv updrägen, un denn schall he se wat Wien tappen. As de Keerl in'e Keller kümmt för un halen Wien, bemött he dar en lütte

Regenworm, de versparrt em de Weg un seggt: „Du drinkst min Wien, du ittst min Broot, un du laad'st mi nichmal in to un eten mit?" Denn haut de lütte Worm de grote Keerl so dull, dat de umkehr'n mutt ahn Wien. He vertellt dat sin Mackers, un de maken sik düchtig lustig oever em.

Denn seggt Hans de Baar to de, de sik Eeken to Tauen dreiht hett, denn schall he man hengahn un se wat Wien tappen. He geiht uck foorts los, man as he na de Keller kümmt, bemött he uck de lütte Regenworm, un de seggt wedder: „Du drinkst min Wien, du ittst min Broot, un du laad'st mi nichmal in to un eten mit?" Un in't sülve haut de dare lütte Worm de tweete Keerl so degern, dat de uck bidreihn mutt un keen Wien tappen kann.

Hans de Baar wunnert sik, dat dat för de beiden up Schiet utlapen is, un he seggt, he harr dacht, se weern stark, man dat sünd se ja doch woll nich. Denn will he man hengahn un se wat Wien tappen. As he na de Keller kümmt, bemött he de lütte Regenworm, un de seggt to em so as to de beide annern: „Du drinkst min Wien, du ittst min Broot, un du laad'st mi nichmal in to un eten mit?" Man as Hans de Baar dat hört, kriggt he sin Swert rut un haut de lütte Worm merrn dör. Denn geiht he bi un tappt se wat Wien, geiht wedder na sin Mackers un seggt: „Dar koenen I mal sehn, ik bün doch stärker as I."

Denn seggt he to de, de in'e Koek we'n is, he schall em soeven Bünnels Brennholt halen un in'e Füerstä' leggen. Denn schall he sik soeven Bünnels Heu kriegen, in't Water duken un denn dar up leggen. He hett jüst dat letzte Bünnel henpackt, do kümmt de Düvel de Schosteen dal mit all sin lütte Düvels, un de verdeelen sik foorts in'e heele Koek.

Hans de Baar lett sik dat gar nich ankamen, he seggt to sin Mackers, se schoe'n dat Holt anfengen. As de Flammen hoochslaan, nimmt de dat Fatt mit Wiehwater un speutet mit sin Quast na all Sieden. De Düvels, de vun dat Wiehwater drapen warrn, lopen na de Schosteen un woe'n dar wedder na baven, man de is vull vun so'n dicke Qualm, un de maakt se so blind, dat se nich gau nugg wegkamen, man vun Hans de Baar noch en arige Slatt Wiehwater afkriegen. Toletzt verswinnen se mit gresige Gekriesch.

As de Düvels weg sünd, eten de dree Mackers vergnöögt to Avend, gahn to Bett un hebben en ruhige Nacht. De neegste Morrn gahn se hen na de Slottsherr un vertellen em, wat se belevt hebben. De is heel verbaast, dat se noch an't Leven sünd. Un do seggt he to se, wo se so stark sünd un hebben de Nacht so ruhig in en verwünschte Slott tobröcht, do will he se um en grote Gefallen beden. Sin dree Deerns, seggt he, de sitten in en deepe Felsenslunk ahn Ingang, dar warrn se fastholen vun en leege Spöök, un he wull geern, dat se em de dar ruthalen. Wenn se dat schaffen, denn schoe'n se se to Fruuns hebben, seggt he. Is guut, seggt Hans de Baar, se woe'n dat versöken.

Do gahn de dree Keerls hen na de Felsenslunk un gahn dar buten um, man se koenen keen Grund seh'n. Se smieten grote Steens dal, se denken, darna, wo lang' as se fallen, koenen se um un bi taxeer'n, wo deep as dat is. Man se koenen luustern, so vel as se woe'n, dar is nix to hör'n.

Man darum verleer'n se doch nich de Moot, se gahn bi un dreih'n Tauen. Soeven Jahr lang dreih'n se, denn meenen se, nu is dat Tau lang nugg för un recken bet an'e Grund vun'e Slunk.

Do seggt Hans de Baar to de Moehlsteenflitscher, he schall man as eerste dalklarrn. He gifft em en Klingel mit, wenn he in'e Kniep is, denn schall he man klingeln, denn trecken se em rup. He deit, wat em heeten is, un lett sik dalfieren. He is al en düchtige Stück dalkamen, do kümmt upmal ut sowat as en Höhl in'e Wand vun'e Slunk en wanschapene, gresige, gruliche Deert rut un will em upholen. De Rump vun dar dare Beest is deckt mit Schuppens, de seh'n gefährlich ut, un dar oever sitten soeven Köppe mit en Muulwark, 'nem een bang vör warrn kann. Do ward em doch de Büx bevern, un he truut sik nich un gahn gegen so'n Undeert vör, un do klingelt he all, wat he kann, un do hieven sin Mackers em wedder na baven.

Denn seggt Hans de Baar to de, de sik Tauen ut Eeken dreiht hett, nu is he an'e Tour un gahn dal. He nimmt de Klingel mit un verswinnt in'e Slunk. As he jüst so deep kamen is as sin Macker, kümmt dat Beest mit de soeven Köppe un versparrt em de Weg. Do ward em uck de Büx bevern, un he bimmelt vör Gewalt mit de Klingel, un sin Mackers hieven em wedder na baven.

Do seggt Hans de Baar, he harr se beide för recht stark holen, man he süht woll, he is se oever, denn se hebben ja uck keen Wien tappen kunnt, un he *hett* wat tappt. Un nu koenen se nich dalkamen in de dare Felsenslunk. Denn mutt he ja gahn. Wenn he de Klingel bruukt, seggt he, denn schoe'n se dat Tau hoochtrecken, un denn schoe'n se dat ümmer wedder dallaten, so faken, bet he sülven wedder dar is, un wenn se dat nich doon, kost't se dat dat Leven.

Hans de Baar lett sik denn dalfieren. As he an'e sülve Stä' is as sin Mackers, ward he dat Beest mit de soeven Köppe wies. Mit een Slag mit sin Swert haut he 'n en Kopp af un geiht denn wieder dal; man dat Deert is foorts achter em ran. Mit en tweete Swertslag haut he 'n noch en Kopp af un geiht noch wieder dal. Dat Beest wiest sik dat drütte Mal, un he neiht 'n noch en Kopp dal. Dat dare Spillewark passeert noch dreemal, man de Afstänne warrn ümmer grötter, un elkeen Mal haut Hans de Baar 'n en Kopp af. He is meist nedden, do maakt dat Undeert – dat süht nu noch gresiger ut vun all dat Bloot, wat 'n ut'e Wunnen lopen deit – do maakt et noch en letzte Versöök. Een düchtige Slag mit dat Swert, un de Draak sin letzte Kopp rullt uck an'e Grund. Do kann he endlich ganz na nedden in'e Slunk kamen.

He ward dree Kamern wies, 'nem an de Dör en grote ole Keerl up Posten steiht mit en witte Baart, de sin Ogen schöten Blitzen. Hans de Baar stellt sik vör de eerste Kamer un seggt to de frömde Ole: „Wat maakst du dar, wa'?" – „Wat geiht di dat an?" seggt de anner. – „Maak de Dör up, oder ik hau 'n in!" – „Dat do man, wenn du di truust!" seggt de Wachtposten un stellt sik darvör.

Hans de Baar lett sik nich bang' maken, he brickt de Dör up mit dat Heft vun sin Swert. Foorts kümmt dar en smucke Deern rut. Hans de Baar nimmt ehr in'e Arms, nimmt ehr dat Snuuvdook af un gifft dat Teeken, dat se ehr ruptrecken schoe'n.

De Ole stellt sik mit de Rügg gegen de tweete Dör. Hans de Baar dreiht sik na em hen un röppt: „Warum stellst du di vör de dare Dör?" – „Wat geiht di dat an?" – „Maak 'n up, oder ik hau 'n in!" – „Dat do

man, wenn du di truust!" seggt de Posten mit drau-
hen Stimm.

Hans de Baar maakt de tweete Kamer up mit dat
Heft vun sin Swert, un foorts kümmt dar uck en
smucke Deern rut. Hans nimmt ehr in'e Arms,
nimmt ehr dat Snuuvdook af un lett ehr ruptrecken,
so as ehr Süster.

Hans de Baar geiht na de drütte Kamer, 'nem de Ole
sik wieldes vör stellt hett, un seggt wedder: „Wat
maakst du dar?" Denn mahnt he em nochmal, de
anner drauht, un Hans haut de Dör in. Do kümmt
dar en drütte Deern rut, jüst so smuck as de eerste
beiden. Ehr Retter nimmt ehr in'e Arms, nimmt ehr
dat Snuuvdook af un lett ehr uck ruptrecken, jüst so
as ehr Süstern. Wat de Ole is – dat is ja sachs keen
anner as de leege Spöök, de de Slottsherr sin Deerns
fastholen hett –, de is verswunnen, as weghext.

Hans de Baar hett sin Arbeit ja daan un will gau rut
ut dat dare gresige Lock, he schüddelt sin Klingel,
man wat he uck bimmeln deit, dat Tau kümmt nich
wedder dal. Do is em dat ja nich moeglich un kamen
rut ut de Felsenslunk. Wieldes he nu vull Bitterkeit
nadenken ward oever sin Mackers se's Verraat, gahn
de wedder na't Slott un bringen dar de dree Deerns
hen.

Hans de Baar is dar nedden en lange Tied heel
alleen, un he ward bilütten bang', he kümmt dar nie
nich rut, do ward he de lütte Regenworm wies blan-
gen sik, un de seggt: „Na, *du* büst dar?" – „Ja", seggt
Hans de Baar. – „Du wullt sachs geern, dat ik di na
baven bring, wa'? Min'twegen. Dar is en Raav, dar
sett di rup. Hier sünd uck soeven Ossen; ümmer
wenn de Raav „Kroack" schriet, musst du 'n een in'e
Snavel doon."

Do geiht dat na baven mit Hans de Baar. He hett ja al upgeven wullt un hett dacht, dat weer dat Enne, man nu will he dar eerst recht rut. Un he vergitt uck nich, wat de lütte Worm em seggt hett, un elkeen Mal, wenn de Raav „Kroack" schriet, stickt he 'n en Oss in'e Snabel.

As de Raav soevenmal schriet hett, is Hans de Baar noch nich baven, un do denkt he: „Wenn de Raav nu nochmal schriet, heff ik nix mehr un steken 'n in'e Snabel, un denn is 'n kumpabel un laten mi dalfallen up'e Grund vun düt Lock, 'nem ik nu al de Rand vun ahnen kann." Do snitt he sik en Stück Fleesch ut'e Waad, un as de Raav wedder „Kroack" schriet, stickt he 'n dat Stück in'e Snabel. Un do smitt de dare Vagel unse Mann foorts mit een Flünkenslag rup up'e Rand.

As Hans de Baar ut'e Felsenslunk rut is, verbinnt he eerstmal sin Waad, dat dat uphollt to blödden, un denn humpelt he na de Herr sin Slott to. Ünnerwegens bemött he en Bedelmann. Um he up't Slott we'n is, fraagt he em. – Ja, seggt de Bedelmann, un dar is vundaag düchtig wat los. – Na, seggt Hans de Baar, dar is düchtig wat los? – Ja, seggt he, de Herr verheiraad't vundaag twee vun sin Deerns. – „Och", seggt Hans de Baar do, „giff mi doch din Tüüg, denn kriggst du min, denn ik will hen na't Slott un um Almosen beden."

De Bedelmann, plünnig as he is, dücht, de anner sin Tüüg is doch recht fein, un do seggt he, he will em woll up'e Arm nehmen. Nee, nee, seggt Hans de Baar, ganz un gar nich. „Kiek", seggt he, „ik treck mi toeerst ut." Un denn gifft he de Bedelmann sin Tüüg, un do hett de dar uck nix mehr gegen un geven em sin.

Hans de Baar humpelt denn wieder na't Slott to. As he dar ankümmt, will he geern na de Koek un sik verpuusten un sin Been verbinnen. Man as de Deensten de Plünnen vun dat dare Unglücksminsch wies warrn, stöten se em t'rügg un seggen, he schall man en anner Mal wedderkamen, vundaag verheiraad't se's Herr sin Deerns. „Och", seggt he, „de Herr verheiraad't sin Deerns? Man ik will geern mal mit em snacken." – „Geiht nich", seggen se, „de Herr is bi sin Familie un sin Gäste un hett nugg mit dat Fest to doon, un he ward nich vun sin Lüüd weggahn för un snacken mit di." – „Na guut", seggt de namaakte Bedelmann, „denn bring mi na em in'e Saal, ik *mutt* mit em snacken." – „Geiht nich!" kriggt he wedder to hör'n. „Wo schoe'n wi di woll jüst nu de Herr vörstellen mit din schietige Plünnen un din Gesicht as soeven Daag Regen?"

Hans de Baar ward dat bi lütten krupen, un he röppt: „Och, I woe'n mi nich rinlaten in't Slott! Man ik gah dar liekers rin!" As se marken, he lett nich na un he hett en bannig vergrellte Gesicht upsett, dücht de Deensten, dat is klöker un seggen se's Herr Bescheeed un vertellen em, wat sik dar afspelt hett.

De Herr is heel verbaast, dat so'n Pracher dar up besteiht un snacken mit em, un he gifft Order, se schoe'n em man in'e Koek rinlaten. Do sett Hans de Baar sik dal bi't Füer, leggt up elkeen Knee een vun de Snuuvdöker, de he de Deerns afnahmen hett, un dat drütte sett he sik vör de Bost.

Do kamen dar jüst de dree Deerns vörbi; as se de Bedelmann wies warrn, sünd se heel verbaast un seh'n de Snuuvdöker, de he vör sik utspreed't hett. Do seggt de eene vun se to ehr Süstern, dat mutt de

Mann we'n, de se ut'e Felsenslunk haalt hett, se kennt ehr Snuuvdook up sin Bost. Ja, seggen de beide annern, se kennen se's uck. Hans de Baar sin Mackers sünd achter de Deerns ran uck in'e Koek kamen, man nu ward se rein de Büx bevern, un de eene seggt to de anner: „Dat mutt he we'n! Man dat kann doch nich angahn, dat he ut dat dare Lock hett rutkamen kunnt!"

Hans de Baar ward ja wies, wo dull se in'e Kniep sünd, un do röppt he, em dücht, se kennen em wedder, de annern. Se weeten ja woll, se is all dree toseggt wurrn, dat se de Herr sin Deerns heiraden koenen, wenn se se ut se's Lock ruthalen. Se weeten uck, seggt he, dat blots he alleen hett Wien tappen kunnt in dat verlatene Slott, un dat uck blots he alleen dalstegen is in'e Felsenslunk för un erlösen de dree Deerns, denn se hebben se ja nich retten kunnt. Ahn em, seggt he, seeten de Deerns noch nedden in dat dare verdreihte Lock. Man se sünd afgünstig we'n up sin Knoev, un se hebben meent, he kunn dar nich rutkamen ahn se's Hülp, un se hebben em schändlich in Stich laten, dat se alleen guut hebben wullen vun dat, wat se all dree toseggt weer. Man he is liekers dar, un he is kamen un will sik de Lohn halen, de he verdeent hett. Schiet för se, seggt he, wenn dat, wat he de Herr to seggen hett, em darto bringt un nehmen se de Lohn wedder weg, de se ja nich verdeent hebben.

De Herr is wieldes uck na de Koek kamen un hett allens mit anhört, wat Hans de Baar sin Mackers vörsmeten hett. Do fraagt he se, um dat wahr is, wat he jüst hört hett. De Keerls sünd heel un deel dör de Wind un weeten nich, wat se seggen schoe'n för un verdeffendeer'n se's Verbreken, wo de, de de Deerns würklich rett't hett, nu vör se steiht, un se koenen dat ja nich afstrieden, wat he seggt hett.

De Herr is bannig füünsch, dat de, de al meist sin Swiegersoehns weern, so'n Hallunkenstück utöövt hebben, un do gifft he sin Deeners Order, se schoe'n se in Keden leggen un dalsmieten in de Felsenslunk, un dat ward uck foorts daan. Denn lett he Hans de Baar feine Tüüg antrecken un gifft em de Hand vun sin öllste Dochter. Un de beide anner Deerns heiraden wecke rieke Herrn ut'e Gegend, de hebben sik gau an se ranmaakt.

De Königssoehn un sin Perd

Dar is mal en König we'n, de hett een Soehn hatt.
Mal seggt he to em, he geiht för veertein Daag up
Reisen. He gifft em all de Sloeteln to't Slott, man in
de un de Kamer, seggt he, dar dörf he nich ringahn.
Nee, dat will he uck nich, seggt de Prinz. Man knapp
is sin Vadder weg, do löppt he liek hen na de dare
Kamer, un do finnt he dar en Goldsoot. He duukt dar
sin Finger rin, un do is de Finger foorts heel un deel
vergold't. He versöcht un kriegen dat Gold dar af
vun, man he kann rubbeln so dull, as he will, dat
helpt all nix. Do binnt he sik en Plünn um'e Finger.

Desülve Avend kümmt de Vadder wedder na Huus.
Na, seggt he to sin Soehn, um he is in de dare Kamer
we'n. Nee, seggt he. Wat he denn mit sin Finger hett.
Nix, seggt he. Na, seggt de Vadder, man dar is doch
wat mit. Ja, seggt he, he hett sik in'e Finger sneden,
as he dat Eten för de Deensten updeelt hett. He
schall em doch mal de Finger wiesen, seggt de Vad-
der. Na ja, do mutt he de Verband ja afnehmen. Wo-
keen he denn noch truu'n kann, seggt de König,
wenn he sik nich mal mehr up sin eegne Soehn ver-
laten kann.

En anner Mal seggt he wedder, he geiht nu för veer-
tein Daag up Reisen. Dar sünd all sin Sloeteln, seggt
he, man he schall nich in de Kamer ringahn, 'nem he
em dat al mal verbaden hett. Nee, seggt sin Soehn,
dar kann he ganz ruhig we'n.

Man knapp is sin Vadder weg, do löppt de Prinz na
de Goldsoot un duukt sin Tüüg un sin Kopp dar in.
Foorts is sin Tüüg heel un deel gollen, un sin Haar
uck. Denn geiht he na de Stall, dar stahn twee Per-
de, Swatte un Brune heeten de. „Swatte", fraagt de

Prinz, „wovel Mielen maakst du mit een Schritt?" –
„Tein." – „Un du, Brune?" – „Ik schaff man acht. Man
ik heff mehr Plie as Swatte. Scha'st mi man neh-
men." Do sett de Prinz sik up Brune un ritt afste' so
gau, as't geiht.

To Avend kümmt de König wedder na't Slott. Do
kann he sin Soehn nich finnen un löppt dal na de
Stall. „Wonem is Brune?" fraagt he Swatte. „De is
weg mit din Soehn." Do nimmt de König Swatte, un
dat achter de Prinz ran.

Na wecke Stunnen seggt Brune to de junge Mann:
„O, Prinz, wi sünd verratzt! Ik kann marken, wo
Swatte achter uns snuven deit. Pass up, hier is en
Swamm, smiet de achter di so hooch un so wied, as
du kannst!" De Prinz deit, wat sin Perd em heeten
hett, un dar, 'nem de Swamm to liggen kümmt,
steiht foorts en grote Holt up.

De König marst sik mit Swatte dör dat Holt. „O,
Prinz", seggt Brune, „wi sünd verratzt! Ik kann mar-
ken, wo Swatte achter uns snuven deit. Pass up, hier
is en Striegel, smiet de achter di so hooch un so wied,
as du kannst!" De Prinz smitt de Striegel, un foorts
is dar en breede Stroom twüschen se un de König.

De König marst sik mit Swatte dör de Stroom. „O,
Prinz", seggt Brune, „wi sünd verratzt! Ik kann mar-
ken, wo Swatte achter uns snuven deit. Pass up, hier
is en Steen, smiet de achter di so hooch un so wied,
as du kannst!" De Prinz smitt de Steen, un achter se
steiht en grote Barg ut Barbeermessen up. De König
will dar oever weg, man Swatte snitt sik in'e Fööt; se
sünd man halv oever de Barg, do moeten se bi-
dreih'n.

Wieldes bemött de Prinz en junge Bengel, de hett bi sin Meister in'e Sack haut un geiht wedder dar hen, 'nem he herkümmt. „Fründ", seggt he to em, „wullt du din Tüüg gegen min intuuschen?" – „Och", seggt de junge Bengel, „du wullt mi woll up'e Arm nehmen." Man he gifft em doch sin Tüüg. De Prinz treckt dat an, un denn köfft he sik en Swiensblaas un treckt de oever sin Kopp. Sodennig utstaffeert geiht he na de König vun dat dare Land sin Slott un fraagt, um se nich koenen en Koekenjung bruken. Ja, seggen se. Do ward he dar annahmen, man he behollt ümmer sin Blaas up'e Kopp un wiest nie nich sin Haar, un do seggen se all blots „de Lütte Schinnkopp" to em.

Nu hett de König dree Döchter, de will he geern an'e Mann bringen. Elkeen vun de Deerns schall de, de se sik utsöcht hett, en gollne Appel tosmieten as Teeken. De Herren an'e Hoff kamen denn in een Reeg un stellen sik vör, un de beide öllere Deerns smieten se's Goldappeln, de eene na en Krumme, de anner na en Scheeve. De Lütte Schinnkopp hett sik uck mang de Herren smuggelt; em smitt de jüngste Prinzessin ehr Appel to. Se hett mal sehn, wo he sin gollne Haar kämmt hett, un nu weet se, wonem se an is bi em. De König is dar düchtig vergrellt oever, wokeen sin Deerns sik utsöcht hebben: „Een Scheeve, een Krumme un een Schinnige", röppt he, „dat sünd mal wecke feine Swiegersoehns!"

Wat later ward he krank. För un heelen em bruken se dree Buddeln mit Ungaarsch Water[1]. De Scheeve un de Krumme maken sik up'e Weg för un halen dat.

---

[1] Ungaarsch Water – altes Heilmittel und Duftwasser (Rosmaringeist)

Do seggt de Prinz to sin Fruu, se schall doch mal ehr Vadder fragen, um he sik uck up'e Padd maken kann.

„Moin, leeve Vadder." – „Moin, Fruu Schinnkopp." – „De Schinnkopp fraagt, um he sik uck up'e Weg maken kann." – „As he will. Laat em dat dreebeente Perd nehmen, laat em afreisen, un laat em nie nich wedderkamen."

Denn geiht se wedder na ehr Mann. „Na? Wat hett din Vadder seggt?" – „He hett seggt, du scha'st dat dreebeente Perd nehmen un afreisen." Dat de König wull, dat he nie nich wedderkeem, dat seggt se nich. Do sett de Prinz sik denn up de ole Krack un ritt na't Holt, 'nem he Brune laten hett. Blangen Brune stahn al de dree Buddeln mit Ungaarsch Water un luern up em. He nimmt se un sett sik wedder up dat dreebeente Perd. As he bi en Kroog langkümmt, ward he sin beide Swagers wies, de sünd dar bi un lachen un supen. „Na", seggt he, „sünd I nich afste' un halen dat Ungaarsche Water?" – „Och", seggen se, „wat schall dat to? Hest du dat denn kregen?" – „Ja" – „Wullt du uns de dree Buddeln nich verkopen?" – „I koenen se kriegen, wenn ik ju hunnertmal mit en Sühl in'e Mors steken dörf." – „Dat kannst du geern doon."

De Scheeve un de Krumme bringen de dree Buddeln mit Ungaarsch Water na de König. Um se nich hebben de Schinnkopp sehn, fraagt he. Nee, hebben se nich, seggen se, is ja mal en staatsche Keerl, sin Schinnkopp.

Wat later gifft dat Krieg. De Prinz seggt to sin Fruu, se schall doch mal ehr Vadder fragen, um he uck lostrecken kann.

„Moin, leeve Vadder." – „Moin, Fru Schinnkopp." – „De Schinnkopp fraagt, um he uck lostrecken kann." – „As he will. Laat em dat dreebeente Perd nehmen, laat em afreisen, un laat em nie nich wedderkamen."

Denn geiht se wedder na ehr Mann. „Na? Wat hett din Vadder seggt?" – „He seggt, du scha'st dat dreebeente Perd nehmen un afreisen." Dat de König wull, dat he nie nich wedderkeem, dat seggt se nich. Do ritt de Prinz denn up de ole Krack na't Holt. Dar treckt he sin gollne Tüüg an, sett sik up Brune un ritt in'e Slacht. Un he winnt. Un de König, 'nem he gegen streden hett, dat is sin eegne Vadder.

De Scheeve un de Krumme hebben vun wieden tokeken bi de Slacht, un nu gahn se wedder na de König un seggen, o, wenn he de dare waagsche Mann sehn harr, de de Slacht wunnen hett! – Och je, seggt de König, harr he man noch sin jüngste Dochter, denn wull he em de geern geven. Man um se de Schinnkopp sehn hebben, fraagt he. Nee, hebben se nich, seggen se, is ja mal en staatsche Keerl, sin Schinnkopp.

Denn gifft dat wedder Krieg. De Prinz schickt sin Fruu, se schall de König um Verlööf fragen, dat he lostreckt. Denn ritt he na't Holt up dat dreebeente Perd, treckt sin gollne Tüüg an, sett sik up Brune un ritt in'e Krieg, noch smucker as dat eerste Mal. He winnt de Slacht, un de Scheeve un de Krumme hebben wedder vun wieden tokeken un swögen, wat en smucke Keerl! Wat en waagsche Mann! O, seggen se to de König, wenn he de dare waagsche Mann sehn harr, de de Slacht wunnen hett! – Och je, seggt de König, harr he man noch sin jüngste Dochter, denn wull he em de to un to geern geven. Man um se de

Schinnkopp sehn hebben. Nee, hebben se nich, seggen se, is ja mal en staatsche Keerl, sin Schinnkopp.

Nu fehlen se nochmal twee Buddeln mit Ungaarsch Water för un heelen de König heel un deel. De Prinz lett de König um Verlööv fragen un trecken afste' un ritt na't Holt up dat dreebeente Perd. Dar finnt he de beide Buddeln al blangen Brune; he nimmt se un glitt sik wedder af. As he bi en Kroog langkümmt, ward he sin beide Swagers wies, de sünd dar bi un lachen un supen. „Na?" seggt he. „Woe'n I nich dat Ungaarsche Water halen?" – „Nee", seggen se, wat schall dat? Hest du dat tofällig?" – „Ja", seggt he, „twee Buddeln vull." – „Wullt du uns de nich verkopen?" – „I koenen se geern kriegen, wenn I mi ju's gollne Appeln geven." – „Dar schall 't nich an liggen! Dar hest du se."

De Prinz nimmt de Goldappeln, un sin Swagers gahn mit dat Ungaarsche Water na de König. „Hebben I de Schinnkopp sehn?" fraagt de König se. Nee, hebben se nich, seggen se, is ja mal en staatsche Keerl, sin Schinnkopp.

Nich lang' darna mutt de König al wedder Krieg föhren. De Prinz ritt na't Holt as de Malen vörher up dat dreebeente Perd. Dar treckt he sin gollne Tüüg an – dar süht he nu noch beter mit ut as vördem –, sett sik up Brune un ritt afste'. Wedder winnt he de Slacht. Man as he in Galopp t'rüggrieden deit, smitt de König – de is dar dütmal sülven mit bi – do jaagt de em sin Lanz in't Been, dat he em later wedderkennen kann.

As se wedder in't Holt sünd, seggt Brune to sin Herr, „Prinz, ik bün uck en Prinz, jüst so as du, un ik heff as Perd en Prinz fiev Deensten doon musst. Un dar bün ik nu klaar mit. Wullt du nich mit mi weg? Man ik weet gar nich, wonem is nu min Königriek, wonem is allens, wat ik mal hatt heff?" De Prinz lett em sik alleen afglieden und ritt wedder t'rügg na't Slott up dat Perd mit dree Beens.

De König lett allerwegens bekannt maken, de de Slacht wunnen hett, de schall dar en grote Lohn för kriegen. Do kamen dar en Barg Lüüd na't Slott, na dat se sik en Lanz in't Been jaagt hebben, man dat is ja nich swaar un seh'n, dat is nich de König sin.

Wieldes is de Prinz ja na Huus kamen, un sin Fruu schickt na en Dokter, dat de em de Lanz ruttrecken schall. As de Dokter kümmt, ward de König em wies. De Mann blifft nu ja recht lang' dar, un do geiht de König dar sülven uck rin un ward ja sin Lanz wedderkennen. Dat kann he sik gar nich verklaren. Do seggt de Prinz to em, he is dat we'n de dat allens daan hett. Dat eerste Mal hett he de dree Buddeln mit Ungaarsch Water blangen sin Perd funnen; he hett se sin Swagers oeverlaten för hunnert Stich mit en Sühl, de hett he se in'e Mors geven. Dat tweete Mal hebben se em se's gollne Appeln geven, dat se de beide anner Buddeln kreegen.

Do lett de König de Scheeve un de Krumme kamen. „Na", seggt he, „wonem sünd ju's gollne Appeln?" — „De hebben wi nich mehr." Do kriegen se elk en Pedd in'e Mors un warrn vör de Dör sett. Denn ward Freden maakt mit de Prinz sin Vadder, un all sünd se glücklich.

Lütt Blaumütz

Dar is mal en Buer we'n un sin Fruu, de hebben en lüerlütte Jung hatt, to de hebben se ümmer Lütt Blaumütz seggt, denn he hett ümmer en Mütz vun de dare Klör uphatt. Mal schoe'n se bi un fahr'n in, un do laten se de lütte Bengel to Huus, un se seggen to em, to Middag schall he se de Supp na't Feld bringen.

Hen to Middag deit de lütte Bengel de Supp in en Kaakgeschirr un will dat na sin Vadder un Mudder bringen. As he an'e Stall vörbikümmt, süht he, de Koh hett nix mehr to freten. Do stellt he de Putt blangen de Koh dal un haalt eerstmal wat Fudder. Man wat en Mallöör, de Koh pedd't gegen de Putt, un de ganze Supp löppt langs de Del. Do is de lütte Bengel böös in'e Kniep. Un do fallt em nix Beteres in, he verstickt sik in en Bünnel Heu.

As he nu nich kümmt, gahn sin Öllern ja na Huus. Se ropen, se söken allerwegens: keen Lütt Blaumütz. Wieldes ward de Koh — de hett ja Hunger — do ward de bölken; un do geven se 'n jüst dat Bünnel Heu, 'nem de Lütte sik in verdrückt hett. Un de Koh fritt dat Heu un sluukt dat Gör mit oever.

En beten later woe'n se frische Stroh instreu'n, un do marken se, de Koh kann sik nich mehr roegen. Se koenen 'n schuppen, hau'n, helpt all nix. „Koh, dreih di! Koh dreih di!" – „Ik dreih mi nich." As se hör'n, de Koh, de snackt, do verfehr'n de Lüüd sik ja bannig un meenen, dat Deert is verhext. Se koenen ja nich weeten, dat dat Lütt Blaumütz is, de för 'n antern deit. Se halen de Börgermeister. „Koh, dreih di!" – „Ik dreih mi nich." Toletzt ropen se de Preester, de

93

seggt to de Koh up Hoochdüütsch: „Kuh, dreh dich!"
– „Ik verstah keen Hoochdüütsch; ik dreih mi nich."

Do weet de Buer nich mehr, wat he maken schall un
lett de Slachter kamen. Dat Deert ward dootmaakt
un in Stücken sneden. De Maag smieten se rut, un
de haalt sik en ole Fruu, de deit 'n in ehr Kiep.

Knapp is se ut't Dörp rut, do ward de lütte Bengel
singen:

> „Loop man to mit din ole Fliep!
> Ik sitt nedden in din Kiep."

De Oolsch verfehrt sik ja un ward gauer gahn, un se
truut sik gar nich un kieken sik um. As se bi en
Flock Schaap langkümmt, röppt de Lütte: „Schäper,
Schäper, wahr din Schaap! Hier kümmt de Wulf!" De
Oolsch is al halv tumpig för Angst, se föhlt mal na
un seggt: „Ik bün doch nich de Wulf! Wat schall dat
heeten?" To Huus ankamen, maakt se gau de Dör to,
stellt ehr Kiep up'e Del un geiht bi un snieden de
Kohmaag up. As se jüst mal nich henkickt, kümmt
de lütte Bengel ganz suutje rut ut sin Kaschott un
verkrüppt sik achter't Schapp.

De Oolsch maakt de Kaldunen rein un maakt se
t'recht för ehr Avendbroot. Se kümmt sik bi lütten
wedder vun ehr Schreck un denkt blots noch an un
plegen sik. Do ward de Lütte upmal bölken: „Guden
Aptit, Oolsch!" Dütmal meent de stackels Fruu, de
Düvel is bi ehr in't Huus, un se ward bevern an't
heele Liev. „Hör mal to", seggt do de lütte Bengel,
man he geiht nich ut sin Stä', „segg mi to, dat du
keeneen vertellen wullt, wonem du mi funnen hest,
un dat du mi dar henbringst, 'nem ik di segg. Ik freu
mi, wenn ik nich mehr hier we'n mutt, un du warrst

nich vergrellt we'n, wenn du mi los büst." De Oolsch seggt em allens to, un Lütt Blaumütz wiest sik. Denn bringt se em na sin Vadder un Mudder, un de freu'n sik, dat se em wedderseh'n.

De Prinzessin Blondine

Sparr de Ohr'n up, denn hör'n I wat;
wenn I woe'n, denn gloov mi dat,
gloov dat nich, wenn I nich woe'n;
gloven is mehr weert as sülven seh'n.

Dar is in ole Tieden mal en rieke Herr we'n, de hett dree Soehns hatt. De öllste hett Karsten heeten, de tweete Michel un de jüngste Jochen.

Mal sünd se all dree up Jagd in't Holt, do bemöten se en lütte Oolsch, de kennen se nich. Se driggt en Kruuk mit Water up'e Kopp, dat hett se jüst vun'e Born haalt. Do fraagt Karsten sin Bröder, um se kumpabel sünd un schöten mit en Piel de dare lütte Oolsch ehr Kruuk twei, ahn dat ehr wat passeert. Se woe'n dat gar nich eerst versöken, seggen Michel un Jochen, se sünd bang', se kunnen de stackels Fruu wat andoon.

Na, seggt he, man he will dat doon, dat scho'n se mal seh'n. Un he spannt sin Bagen un nimmt Maal. De Piel flüggt un sleit de Kruuk in Stücken. Dat Water maakt de lütte Oolsch ganz natt, un do seggt se to de fixe Schütt: „Dat harrst du man leever nich doon schullt, Karsten, dat betahl ik di t'rügg! Vun nu an scha'st du bevern an't heele Liev as de Bläder an en Boom in'e Noordwind, un dat so lang', bet du de Prinzessin Blondine funnen hest." Un würklich, in'e sülve Ogenblick ward Karsten an't heele Liev bevern.

De dree Bröder kamen wedder na Huus un vertellen se's Vadder, wat se bemött is. „Oha, min stackels Jung, dat harrst du leever nich doon schullt", seggt de ole Herr to sin öllste Soehn. „Du musst nu foorts up'e Reis, bet du de Prinzessin Blondine funnen hest, so as de Hex di dat seggt hett, denn dat is en Hex we'n, de dare lütte Oolsch. De Prinzessin is de eenzige up'e Welt, de di heelen kann. Ik weet nich, in wat för'n Land se levt, man ik will di en Breev mitgeven an min Broder, de Eremit, de levt merrn in en Holt guut twintig Mielen vun hier. Vellicht kann de di wat vertellen, wat di helpt."

Karsten nimmt de Breev un maakt sik up'e Padd. He geiht un geiht ümmer vörföötsch wieder un kümmt toletzt na sin Unkel, de Eremit. De Ole is jüst bi un beden, liggt up'e Kneen up'e Süll vun sin Kaback dar in'e Eck mang twee Felsen un hett Hänne un Ogen upböhrt na de Heven un dat lett, as wenn he ganz weg is. Karsten töövt, bet he ferdig is, denn geiht he ran na em un seggt: „Moin, Unkel Eremit."

„Du seggst Unkel to mi, min Jung?"

„Les man düsse Breev, denn warrst du al wies, wokeen ik bün un warum ik hier bün."

De Eremit nimmt de Breev un les't 'n. Denn seggt he: „Dat is wahr, du büst min Brodersoehn. Man oha, min stackels Jung, du büst noch lang' nich an't Enne vun din Reis un din Möögde. Ik will mal in min Böker kieken un seh'n, wat ik för di doon kann. Wieldes du töövst – du musst doch Hunger hebben –, knaul man en beten up düsse Brootköst, dat is sörre twintig Jahr allens, wat ik eten do. Wenn ik Hunger heff, knaul ik dar en beten up, man liekers ward 'n nich lütter."

Un Karsten geiht bi un knault up'e ole Köst, de is hart as Steen, wieldes kickt de Eremit in sin Böker. Man so dull as he de heele Nacht dar in blädern deit, he finnt nix, wat de Prinzessin Blondine angeiht. De neegste Morrn seggt he to sin Brodersoehn: „Hier, min Jung, dar hest du en Breev an min Broder, en Eremit in en anner Holt twintig Mielen vun hier. He regeert all de Vageln, un vellicht kann he di mehr seggen, denn wat mi angeiht, in dat, wat ik weet un wat in min Böker steiht, kann ik nix finnen vun de Prinzessin Blondine. Un hier hest du noch en Kugel vun Elfenbeen, de rullt ganz vun alleen vör di her. Du muttst 'n blots achterna gahn, denn bringt 'n di bet an de Süll vun min Broder sin Kaat."

Karsten nimmt de Breev un de Elfenbeenkugel. De leggt he an'e Grund, un do rullt 'n vun sülven vör em her, un he geiht achterran. As de Sünn dalgeiht, steiht he an'e Dör vun'e tweete Eremit sin Kaback ut Telgens un Moorreet.

„Moin, Unkel", seggt he, as he rinkümmt. – „Din Unkel?" seggt de Ole. – „Ja; les man düsse Breev, denn weetst du, wokeen ik bün un warum ik hier bün."

De Eremit nimmt de Breev faat, les't 'n, un seggt: „Stimmt, du büst min Brodersoehn. Un du söchst de Prinzessin Blondine, min Jung?" – „Ja, Unkel; kiek doch mal, in wat för'n Tostand ik bün! Un min Vadder, wat din Broder is, hett seggt, blots de Prinzessin Blondine kann mi heelen. Man nich min Vadder un nich min anner Unkel Eremit hebben mi seggen kunnt, wonem ik ehr finnen kann."

„Ik uck nich, min arme Jung, ik kann di dat uck nich seggen. Man Gott hett mi to Herr oever all de Vageln maakt. Ik will up min sülverne Fleut fleuten – hier is 'n al –, un denn warrst du se ankamen seh'n vun all Kanten, groten un lütten, un vellicht sünd dar wecken mang, de di Naricht geven koenen vun de Prinzessin Blondine."

Do fleutet de Ole up sin lütte sülverne Fleut, un foorts kamen dar ganze Wulken vun Vageln an in all Grötten un all Klören, de Luft ward dar rein düüster vun. Se gahn dal in't Holt un laten all Slag'en vun Stimmen hören. De Eremit nöömt se all mit Namen, een na de anner, un fraagt se, um se nich up se's Reisen hebben de Prinzessin Blondine sehn. Man nich een vun se hett ehr jichens mal sehn, nich mal vun ehr snacken hört.

All de Vageln sünd kamen, as de Ole se rapen hett, bet up'e Adler. Wonem denn de Adler afblifft, fraagt de Eremit un puustet nochmal duller in sin Fleut. Do kümmt de Adler uck. He kickt böös suer un fraagt, warum he em dar henkamen lett to verhungern, wo em dat doch so guut gahn hett, 'nem he we'n is.

Wonem he denn we'n is, fraagt de Ole. Ja, he is up de Prinzessin Blondine ehr Slott we'n, 'nem dat an nix fehlen deit, denn dar is elkeen Dag Fest un Gast-bott. „Dat is ja fein", seggt de Eremit, „un dar kannst du geern wedder henfleegen, man ünner een Bedin-gen, dat du min Brodersoehn hier up din Rügg mit-nehmen deist." – „Will ik geern doon, wenn ik so vel to freten krieg, as ik will." – „Dat geiht klaar; du kriggst Fudder na Wunsch, du Fretsack."

Do geiht de Eremit na de Herr vun en Slott dar dicht bi un seggt, he schall em doch een vun sin beste Ossen slachten un henbringen laten na sin Kaback, fein in Stücken sneden. De Herr gifft foorts Order, dat de Eremit doch tofreden is, un de Oss – in Stü-cken – ward na de Ole sin Kaback bröcht. Se laden dat Fleesch up'e Adler sin Rügg, Karsten sett sik baven up, un los geiht dat oever't Holt rut, flipp! flipp! flipp!

Wieldes se dör de Luft schöten, gifft de Vagel Karsten sin Instrukschonen. Dat Slott, seggt he, steiht up en Eiland merrn in'e See, un wenn se dar ankamen, ward he foorts an'e Strand en Born seh'n. Oever de dare Born reckt sik en feine Boom, de 'n mit sin Telgens heel un deel oeverdeckt. Elkeen Dag to Middagstied kümmt de Prinzessin mit ehr Kamerdeern un sett sik in'e Schatten vun de dare Boom un kämmt ehr blonne Haar. Darbi speegelt se sik in't Water vun'e Born. He schall man driest na ehr hengahn un nich bang' we'n. Sodraa as se em wies ward, ward se em kennen un willkamen heeten. Se gifft em denn en Putt mit Salv, dar schall he sik mit insmeer'n, denn is he foorts heelt. Denn schall he ehr vörslaan un nehmen ehr mit un heiraden ehr as Lohn för de Deenst, de se em daan hett. Dar ward se mit inverstahn we'n. Denn schall he em, de Adler, wedder ropen. Se setten sik denn all beid up sin Rügg, un denn glieden se sik foorts af. Wat de Prinzessin ehr Vadder is, dat is en Hexenmeister, un de ward bald achter se rankamen, man denn is dat to laat.

De Adler mutt sik ja düchtig anstrengen up'e lange Reis un verlangt faken wat to freten: „Giff mi wat to freten, ik warr flau." Denn gifft Karsten 'n wat vun dat Ossenfleesch, un wieder geiht dat. Se glieden lang' oever de See un seh'n nix as Heven un Water. Man denn kamen se na dat Eiland. De Adler geiht dal up en Steen an'e Küst. Karsten stiggt af, un na en paar Schre' ward he en feine Boom wies, de sin Telgens oever en Born reckt. Ünner de Boom is keeneen to seh'n, man dat is ja uck noch nich Middag. He verstickt sik achter wat Buschwark, un nich lang', do süht he en Prinzessin ankamen, smuck as de junge

Dag. Se hett lange, blonne Haar, de hängen ehr dal bet nedden up'e Hacken, as en Mantel. Mit ehr kümmt en Kamerdeern, de is uck arig smuck. Se gahn all beid hen na de Boom, un de Prinzessin geiht bi un kämmen ehr smucke Haar un bruukt dar dat Water vun'e Born as Speegel to. Do kümmt Karsten achter sin Büsche rut. He geiht bet an'e Rand vun'e Born, do ward de Prinzessin sin Schatten wies, dreiht sik na em hen un röppt: „Och, stackels Karsten, büst du dar? In wat för'n Tostand hett di de leege Hex doch bröcht! Man Kopp hooch, min stackels Fründ, ik, ik maak di wedder heel, ehr to Tort."

Denn gahn de Prinzessin un ehr Kamerdeern bi un plöcken wecke Krüder un Blöme rund um'e Born. Dar maken se en Salv vun, de geven se Karsten un seggen, he schall sik dar dat heele Liev mit insmeer'n, un na veeruntwintig Stunnen is he denn heelt, un denn seh'n se wieder. Oh, seggt he, wenn de Prinzessin em vun de dare gresige Süük heelen deit, denn will he ehr sin Dankbarkeit wiesen un ehr mitnehmen vun dar, wenn se mit em kamen will, un ehr heiraden. Wat Beteres verlangt se nich, seggt se, se will geern weg vun dat dare Eiland und will Land seh'n.

Karsten nimmt de Salv un smeert sik dar an't heele Liev in mit, en paarmal, un na veeruntwintig Stunnen is he vullstännig heelt, un he bevert keen beten mehr.

Do seggt de Prinzessin, de neegste Dag, Slag Middag, denn woe'n se utkniepen, wieldes ehr Vadder slöppt. Elkeen Dag Klock twölf hollt he Middagsslaap. Denn woe'n se sik all dree up'e Adler setten, seggt se, denn ehr Kamerdeern schall uck mit. Wenn ehr Vadder denn waak ward, denn markt he ja, dat se weg is. Denn ward he na de Stall gahn un sik up sin Kameel setten, dat löppt gauer as de Wind, un ward achter se ranjagen. Man denn sünd se ja al wied vörut, un he kann se nich mehr faatkriegen. He schall man dar ünner de Boom blieven, seggt se. Se will mit ehr Kamerdeern wedder na't Slott gahn un dar Nacht blieven. Un se woe'n uck en Oss slachten un in Stücken snieden laten, dat de Adler wat to freten kriggt.

Do gahn de Prinzessin un ehr Kamerdeern denn wedder na't Slott, un Karsten verbringt de Nacht ünner de Boom bi de Born.

De neegste Dag, Slag Klock twölf, kamen de beide Fruunslüüd wedder hen na em. He röppt sin Adler, un de kümmt foorts an. Do laden se eerst de tweisnedene Oss up sin Rügg, un denn setten se sik dar all dree rup, un de Vagel stiggt up in'e Luft. Dar hett 'n böös Mars bi, denn 'n hett ja bannig swaar laden.

As de ole Hexenmeister waak ward, röppt he sin Dochter so as ümmer. Man he kann ropen so vel, as he will, sin Dochter antert nich. Do steiht he up un is bannig vergrellt. He kickt in sin Böker, un dar süht he in, de Prinzessin un ehr Kamerdeern sünd afhaut ut't Slott mit en frömde Keerl. He löppt dal na de Stall, sett sik up sin Kameel, wat soeven Mielen in'e Stunn löppt, un jaagt achter se ran.

Wieldes ward de Adler – de hett ja to vel laden – de ward bi lütten flau un flüggt nich mehr so gau. De Prinzessin ward unruhig un dreiht faken de Kopp, um ehr Vadder kümmt. Do süht se em ankamen, splidderndull. De Adler flüggt do jüst oever en Stroom, un do seggt se, se will en beten vun ehr Salv

in'e Stroom smieten, un denn ward dat Water hooch-
gahn un oeverlopen as de See, un denn kümmt ehr
Vadder nich wieder.

Un do smitt se en beten vun ehr Salv in'e Stroom, un
foorts blaast dat Water sik up, as Melk, wenn 'n
oeverkaakt. Dat löppt wied oever't Över, un do mutt
de Hexenmeister stahn blieven un kümmt nich wie-
der. He schüümt vör Raasch, man wat schall he
maken? He geiht bi un supen vun dat Water, he
denkt, vellicht kriggt de dat Bett vun'e Stroom dröög.
He süppt un süppt, bet he bassen deit.

Wieldes hett de Adler all dat Fleesch upfreten, un nu
ward 'n flau un seggt, 'n will Karsten un sin beide
Mitreisen dalsmieten. „Giff mi wat to freten!" röppt
'n Karsten to. – „Dar is nix mehr, min stackels
Deert", seggt he, „man Kopp hooch, wi sünd ja bald
dar." – „Giff mi wat to freten, oder ik laat ju up'e
Eerde fallen." – Do snitt Karsten sik de eene
Achterback af un gifft 'n de Adler. „Dat is fein", seggt
'n, „man bannig wenig."

Un en Ogenblick later seggt 'n wedder: „Giff mi wat
to freten, ik kann nich mehr." – „Ik heff nix mehr,
min stackels Deert. Kopp hooch! Noch en paar
Flünkenslääg, un wi sünd dar." – „Giff mi wat to fre-
ten, segg ik di, oder ik smiet ju dal!" – Do snitt Kars-
ten sik de anner Achterback uck af un gifft 'n de
Adler. Un denn snitt he sik na un na sin beide Wa-
den af un gifft 'n de uck noch.

Toletzt kamen se denn na de Eremit sin Kaback. Dat
ward uck Tied! De stackels Adler kann nich mehr,
un Karsten sülven is so flau, so flau, he is dicht vör
un blieven doot. Man sodraa as se up'e Eerde sünd,
rifft de Prinzessin em in mit wecke Krüder, de plöckt

se dar in't Holt, 'nem se dalgahn sünd, un foorts hett he sin Achterbacken, sin Waden un sin Knoev wedder.

Se verbringen all dree de Nacht in'e Eremit sin Kaback, eten mit vun sin smalle Kost, slapen up en Bett vun Moss un dröge Bläder ut't Holt, un de neegste Morrn seggen se de ole Mann adjüs un maken sik up'e Weg. He seggt, he freut sik dar up un seh'n se mal wedder, in't Paradies, un he gifft Karsten en Breev mit an sin Vadder.

Denn kamen se na de Kaback vun de anner Eremit, verbringen uck de Nacht bi em, un as se de neegste Morrn afste' woe'n, gifft de dare Ole Karsten uck en Breev mit an sin Vadder.

Nich wied vun sin Vadder sin Slott kümmt Karsten mit de beide Deerns dör en Holt, un do gifft de Prinzessin em en Ring vun ehr Finger un seggt, de dare Ring mit en Demant in, de schall he ümmerto an sin Finger drägen un nie nich an anners een geven, anners ward he sik nich mehr up ehr besinnen koenen, jüst so, as harr he ehr nie nich sehn. Se will dar an de dare Stä' en Slott buu'n, un dar will se mit ehr Kamerdeern blieven, bet dat so wied is, dat se heiraden schoe'n. Denn schall he mit sin Vadder dar henkamen un ehr afhalen.

Karsten nimmt de Ring, stickt 'n sik an'e Hand un versprickt, he will 'n nie nich ut'e Fingern laten. Man he mag seggen, wat he will, he kriggt de Prinzessin nich besnackt un kamen mit em mit, un do geiht he alleen na sin Vadder sin Slott. As he dar ankümmt, freu'n se sik all, dat he wedder dar is un is ganz un gar heelt.

Um he denn de Prinzessin Blondine nicht mitbröcht hett, will sin Vadder weeten. Nee, seggt he, se is en Stück af in't Holt bleven, un se hett seggt, se kümmt blots na sin Slott, wenn he ehr sülven tosamen mit Karsten in en smucke Kutsch afhalen deit. Foorts gifft de ole Herr Order un spannen sin beide beste Perde vör sin smuckste Kutsch för un halen de Prinzessin Blondine.

Wieldes seggt Karsten sin Süster to em, se woe'n man en beten in'e Gaarn gahn, dat he de feine Saken sehn kann, de dar maakt wurrn sünd in de Tied, as he nich dar we'n is. Wenn de Kutsch anspannt is, seggt se, denn warrn se se al Bescheed kriegen.

Do geiht Karsten denn mit sin Süster hen un kieken de Gaarn an. As he en Bloom afplöckt, ward se de Demant an sin Finger wies, un do will se de geern hebben un oeverleggt, wodennig se ehr Broder de afluxen kann, ahn dat he dat wies ward. Se slept em na en Born, un dar setten se sik up'e Rasen mang Planten un Blöme. Karsten is möö' un leggt sin Kopp up sin Süster ehr Kneen, un wupp! is he inslapen. Un do süht sin Süster ehr Schangs un treckt em de Ring vun'e Finger un stickt 'n sik sülven an.

En Ogenblick later kümmt de ole Herr un seggt Bescheed, de Kutsch is klaar. „Häh?" seggt Karsten un rifft sik de Ogen. – „Wi koenen man foorts losfahren." – „Losfahren? 'nem hen?" – „Dat weetst du doch; de Prinzessin Blondine afhalen!" – „De Prinzessin Blondine? Wokeen is denn de Prinzessin Blondine?" – „Du slöppst woll noch! Kumm to di un laat uns sehn un kamen afste', de Prinzessin luert sachs al." – „Wat för'n Prinzessin denn, Vadder?" – „Nu man to, do nich so unbedarft, un laat uns gau de Prinzessin

Blondine afhalen." – „Ik weet gar nich, wat du vun mi wullt, Vadder; ik kenn keen Prinzessin Blondine."

Un dat schient, as wenn he ehrlich un uprichtig snackt, un do röppt de ole Herr vull Pien: „Och Gott, nu hett min stackels Soehn de Verstand verlaren! He hett to vel dörmaakt up sin Reis! O, wat en Mallöör!" Un do spannen se de Perde wedder ut.

Man Karsten maakt gar nich de Indruck, as wenn he tumpig is; so as dat schient, is he bi vulle Verstand. Blots wenn een em up sin Reis un de Prinzessin Blondine anspreken deit, denn begrippt he gar nix. Blots mitünner kümmt em so'n lütte Erinnern, man dat is all undüütlich un dör'nanner, so as wenn een versöcht un erinnern sik an en Droom, man dat blifft all in Wulken un Nebel.

De dree Bröder gahn up Jagd in't Holt as vörher, un Karsten is ümmer de beste Schütt un schütt alleen so vel Wild as de beide annern tosamen. Mal gahn se wieder rin in't Holt as gewöhnlich, un do stahn se upmal vör dat Slott, wat de Prinzessin Blondine sik dar buut hett mit ehr Töverkunst, denn se is ja uck en Töversche. Se sünd bannig verbaast as se dar so'n feine Slott seh'n, un se blieven lang' stahn, holen se's Swiegstill un kieken dat an.

„Wat för'n feine Slott!", seggen se. „Man wodennig kümmt dat dar hen? Wi sünd doch faken hier lang kamen un hebben so wat nich sehn bet vundaag. Un wokeen mag dar woll in wahnen? En Hexenmeister vellicht?"

Toletzt, as se dat wunnerbare Slott lang' nugg bewunnert hebben, denken se, se woe'n dar man mal ringahn. Se koenen ja um wat to drinken fragen, wat

Melk oder Saft, oder na de Weg fragen, as wenn se sik verbiestert hebben. Se kloppen an'e Dör, un de ward foorts upmaakt. De Prinzessin kümmt sülven un lett se rin in'e Hoff. Se begrötet se bannig fründlich un laad't se in un kamen rin in ehr Palast. Karsten kennt ehr nich. Se hett em ja foorts wedderkennt, as se em sehn hett, man se lett sik nix marken. De dree Bröder sünd ganz weg, so smuck un so fründlich, as de Fruu vun't Slott is. Se laad't se in un eten Avendbroot mit ehr un blieven Nacht in ehr Slott, un dar seggen se jo nich nee to. De Mahltied is ganz lustig, denn de dree Jägers dücht bannig wat um de Gastgeversch ehr Wien. Michel hett sin Ogen ümmerto up'e Prinzessin un seggt liesen to Karsten, de blangen em sitt, he mag se's Gastgeversche geern lieden.

He kann't ja mal versöken un maken ehr en beten de Hoff, seggt Karsten.

Na't Eten snackt Michel mit de Prinzessin vun sin Geföhlen för ehr, un dat is ehr, as't schient, gar nich towedder, un se seggt, se will de dree en Kamer blangen ehr eegne geven, un wenn sin Bröder denn slapen, kann he ja liesen na ehr roeverkamen.

Michel is hen un weg vör Glück. Hen to Middernacht liggen se all in se's Betten to slapen, man he slöppt nich. He steiht up un sliekert liesen hen un kloppt an de Prinzessin ehr Dör. Se maakt up un lett em ganz leev rin.

Se gifft em en frische Hemd un seggt, dat schall he antrecken, ehrer he sik dalleggt. Michel strevt sik un wesseln dat Hemd; man as he bigeiht un trecken dat oever, wat de Prinzessin em geven hett, do ward dat upmal hart un koold as Ies, un de heele Nacht steiht he sodennig dar, de Arms utstreckt un dat Hemd halv antrocken, un he kann dat nich ferdig antrecken un uck nich wedder uttrecken. Un wat he de Prinzessin uck beden deit, se schall em doch helpen, se lett sik dat nich ankamen un lett em bölken. In de dare Tostand blifft he de heele Nacht. As de Sünn upgeiht, ward dat Hemd denn week; do kann he dat loswarrn, un foorts neiht he ut un geiht na sin Bröder.

„Na", seggt Karsten, „hest du en feine Nacht hatt?" Do vertellt he se, wat em passeert is, un de beide annern woe'n sik meist dootlachen, dat kannst mi gloven. Do seggen de dree Bröder sik, se sünd dar bi en Töversche, un dat Klöökste is un kniepen ut so gau, as dat geiht. Un do glieden se sik af ahn Adjüs.

As se na Huus kamen, fraagt se's Vadder – de hett sik ja Sorgen maakt, dat se nich to Nacht na Huus kamen sünd as gewöhnlich – de fraagt se, wonem se doch de Nacht tobröcht hebben. Un do vertellen se se's Vadder allens un seggen noch darto: „Dat is di mal en smucke Slott, Vadder! Un en smucke Prinzessin!" De ole Herr denkt, dat kunn ja sachs de Prinzessin Blondine ehr Slott we'n, un he nimmt sik vör, he will dat rutfinnen, man he seggt dar nix vun to sin Kinner.

Nu will Karsten sik verheiraden mit en Prinzessin, de hett he vör sin Reis leev hatt. Sin Andrag ward annahmen, sin Vadder is inverstahn, un de Dag för de Hochtied ward fastsett. Se laden all de Lüüd in, de dar in'e Gegend wahnen, riek un arm, dat se bi dat Eten un de Stahoi[1], de to so'n Gelegenheit tohört,

---

[1] Stahoi = Lärm, Aufsehen, Aufwand (von dän ståhej)

mit bi we'n koenen. Do seggt Jochen to sin Vadder, em dücht, dat weer nich mehr as recht, wenn se uck de smucke Prinzessin inladen, wo de se so nett upnahmen hett. He hett recht, seggt de Ole, un he will sülven hen un ehr inladen, un Jochen schall mitkamen.

Do maken de ole Herr un sin jüngste Soehn sik denn een schöne Morrn in en feine Kutsch up'e Weg för un laden de Fruu vun't Slott in't Holt in. Se kamen na dat wunnerbare Slott un warrn fein upnahmen, beter geiht dat nich. As de Ole de Prinzessin to seh'n kriggt, is he so verbaast, em blifft rein de Spraak weg, so smuck dücht se em. Toletzt, as he denn wedder snacken kann, seggt he, he is kamen, he wull ehr beden un geven em de Ehr un kamen mit to de Hochtied vun sin öllste Soehn, de heiraad't bi acht Daag de Prinzessin Brunette.

Dat nimmt se mit gröttste Vergnögen an, seggt de Prinzessin, un se ward to de fastsette Dag kamen. He lett ehr denn mit sin Kutsch afhalen, seggt de Vadder. Dat deit nich nödig, seggt se, se hett sülven uck en Kutsch, as he denn ja seh'n ward.

De ole Herr is ganz ut'e Tüüt un hen un weg, so smuck, as de Prinzessin is, un he kann sin Ogen gar nich vun ehr wennen. Jochen is uck vull Bewunnern un seggt keen Woort. Se fahr'n denn wedder na Huus, seggen nix, drömen all beid blots vun ehr.

Toletzt is dat denn so wied, de Dag för dat Fest is dar. All de Gäste sünd al dar in se's beste Schapptüüg, blots de Fruu vun't Slott in't Holt nich. Karsten ward dat al krupen, he will nich mehr töven. Man sin Vadder seggt, se fahren nich to Kirch, ehrer de frömde Prinzessin dar is. Upletzt kümmt se denn

109

uck, in en gollne Kutsch, de blinkert, een kann 'n gar nich ankieken, un mit veer Perde vör, dagegen sünd all de annern richtige Kracken. Se sülven is vun baven bet nedden vull mit Gold, Sied un Demanten, un ehr blonne Haar lücht't uck as Gold un reckt achter ehr dal bet up'e Eerde. All de Fruunslüüd dar warrn oeverstrahlt vun de dare Frömde un schümen vör Raasch. De Brüdigam sin Süster hett ehr Broder sin Demant an'e Finger un will meist bassen vör Stolt.

Denn fahr'n se to Kirch in grote Pracht, un sogar de Sünn ward blass vör de Prinzessin Blondine. All kieken se blots na ehr, un de junge Bruut, uck smuck un leevlich, argert sik dar düchtig oever.

Na de Kirch setten se sik to Disch. En grootaardige Festeten. Jichens en Gast waagt dat denn, andreven vun sin Oolsch, un snacken de Frömde an. Se is sachs nich ut düt Land, seggt he. Nee, seggt se, se kümmt vun wied weg. Un um se gar nich verheiraad't is, fraagt he. Nee, seggt se, is se nich; se is woll mal verspraken we'n, man he hett ehr sitten laten.

Karsten sitt bi Disch blangen ehr. He ward de smucke Demant wies, de se an'e Finger hett, un seggt, wat se dar doch mal för'n smucke Demant hett. Ja, seggt se, dat is würklich en smucke Demant. Un se treckt de Ring vun ehr Finger un langt 'n de nüe Ehmann hen. He schall 'n doch mal anprobeern, seggt se; se meent, de steiht em allerbest.

Karsten nimmt de Ring un stickt 'n an sin Finger, un foorts, so as wenn he waak ward vun en lange Slaap, kennt he de Prinzessin un kann sik up allens besinnen, wat passeert is. „Hallo!" röppt he do, „statts een

Fruu heff ik nu upmal twee! Man de eerste is ümmer noch de beste un uck an neegsten bi min Hart!"

Un all de Gäste sünd bannig verbaast, as he de Frömde sin Hand gifft. Un do fahr'n se nochmal to Kirch, un dar ward Karsten de dare Dag dat tweete Mal verheiraad't. Wat de Prinzessin Brunette is, de heiraad't denn sin Broder Michel, dat se doch nich al an ehr Hochtiedsdag sitten blifft. Un Jochen, de hett sik in de Prinzessin Blondine ehr Kamerdeern verkeken, un do gifft dat dree Hochtieden upmal.

Un denn gifft dat grootaardige Festetens, Danz un Festivitäten en heele Maand hendör. Ik weer do noch jung, un bün uck dar we'n un ruppen de Repphöhner, Hahns un Enten, un min Levdag heff ik – un warr ik uck – nich so'n Schlampampen sehn.

De plietsche Suldaat

Dar is mal en Suldaat we'n, de is mit sin Militärdeenst ferdig we'n un up'e Weg na Huus. Do kümmt he mal an en Slott vörbi. He kloppt an un will fragen um wat to drinken, denn he hett Dörst. Do maakt em en Lööw de Dör up – to de Tied sünd de Löwen Bedeenters we'n. De Suldaat seggt to de Lööw, he schall em doch en Glas Water geven. „Suldaat", seggt de Lööw, „vun mi kriggst du keen Water; du scha'st Wien mit mi drinken." Dat lett de anner sik nich tweemal seggen. Se maken mit'nanner en paar Buddeln lenz, denn seggt de Lööw to de Suldaat: „Suldaat, wullt du en Partie Pikett[1] mit mi spelen? As ik weet, spelen de Suldaten dat Spill, wenn se nix to doon hebben." – „Geern, Lööw!"

Do spelen se soeven, acht Partien. De Lööw verleert ümmerto un is düchtig in Raasch. Do lett he mit Willen en Kaart dalfallen un seggt to de Suldaat, he schall em de upkriegen. Man de hett woll markt, de Lööw luert dar blots up, dat he sik dalbückt, un denn will he up em losgahn, un darför roegt he sik gar nich. He seggt: „Ik will di wat mützen, bün ik din Knecht? De sammel du man sülven up. Man ik mark al, du büst vergrellt, denn laat uns nu man wat anners spelen. Bring mi mal en Talje, en Reep un en Brett." De Lööw haalt em allens, wat he verlangt. De Suldaat maakt dar en Schockel vun un stiggt dar toeerst rup. Knapp hett he en paarmal schockelt, do röppt de Lööw al: „Kumm dal, Suldaat, nu bün ik an'e Tour." – „Noch nich, Lööw", seggt de anner, „du weetst ja noch gar nich, wodennig dat geiht."

---

[1] Pikett (frz. Piquet) = en Kaartenspel för twee Spelers.

Toletzt stiggt de Suldat dal; he helpt de Lööw rup up'e Schockel un seggt: „Lööw, du kennst dat Spill ja noch nich, darför bün ik bang', du fallst dal un brickst di dat Krüüz. Ik will di man de Poten fastbinnen." He binnt em richtig fast, un mit de eerste Schubbs smitt he em bet an'e Boehn. „O, Suldaat, Suldaat, laat mi dal!" röppt de Lööw, „ik heff de Snuut vull." – „Ik laat di dal, wenn ik hier mal wedder langkaam", seggt de Suldaat un glitt sik af.

De Lööw rohrt so gresig, dat is dree Mielen wied to hör'n. De Herrschaften vun't Slott sünd in't Holt un kamen nu gau na Huus. Se söken allerwegens, un toletzt finnen se de Lööw, wo he up'e Schockel in'e Luft hängt. „Nanu, Lööw", seggen se, „wat maakst du denn dar baven?" – „O, snack dar blots nich vun! So'n achtertücksche lütte Kroet vun Suldaat hett mi hier rup bröcht." – „Wenn wi di dalhalen, wat maakst du denn?" – „Ik loop achter em ran, un wenn ik em faat krieg, murks ik em af un fret em up."

Wieldes marscheert de Suldaat wieder. Do bemött he en Wulf, de is bi un hau'n Holt. „Wulf", seggt he to de Wulf, „sodennig maakt 'n dat doch nich. Lang' mi mal din Äx her, un denn stek din Poot in'e Splet as Kiel." Knapp hett de Wulf sin Poot in'e Splet staken, do treckt de Suldaat de Äx rut, un de Wulf sitt fast. „Suldaat, Suldaat, nu maak doch mal min Poot los!" – „Ja ja", seggt de anner, „dat do ik, wenn ik hier mal wedder lang kaam."

De Lööw is ja achter de Suldaat ran, do hört he de Wulf hulen un löppt dar hen. „Wat hest du, Wulf?" fraagt he. – „O, hol blots up! So'n achtertücksche lütte Kroet vun Suldaat hett mi de Poot in düsse Splet inklemmt." – „Wat maakst du, wenn ik di losmaak?" – „Denn loop ik mit di achter em ran, un denn murksen wi em af un freten em up." Do maakt de Lööw de Wulf los, un se lopen tosamen achter de Suldaat.

Man de is al en arige Stück vörut. Do bemött he en Voss, de sitt nedden an en Boom mit de Näs in'e Luft. „Öh, Voss", seggt he, „wo kickst du denn na dar baven?" – „Ik kiek na de dare Kasbern." – „Wenn du wullt", seggt de Suldaat, „denn help ik di rup up'e Boom." Un darmit kriggt he en anspitzte Stock faat, jaagt 'n de Voss as en Spitt in't Liev, böhrt em en söss Foot tohööcht un maakt de Stock up'e Boom fast. „O, Suldaat, Suldaat, laat mi doch dal!" bölkt de Voss. – „Wenn ik mal wedder hier langkaam", seggt de Suldaat, „bet denn sünd de Kasbern uck sachs riep."

De Voss schriet ja gresig un jammert, un dat hör'n de Lööw un de Wulf un kamen dar hen. „Wat maakst du denn dar, Voss?" fragen se. – „O, hol blots up! So'n achtertücksche lütte Kroet vun Suldaat hett mi so oevel mitspelt." – „Wenn wi di nu losmaken, wat maakst du denn?" – „Ik loop mit ju achter em ran, un denn murksen wi em af un freten em up."

De Suldaat is wieldes wiederstevelt, do bemött he en junge Deern. „Min Deern", seggt he, „achter uns sünd dree wille Deerten, de woe'n uns upfreten. Min Raat is: Laat uns en Schockel maken." De Deern is inverstahn, un dat Spill is in Gang', do kümmt de Lööw, de is de annern en beten vörut. „Wat?" seggt he, „nochmal datsülve Spill? Nix as weg!" Denn geiht de Suldaat bi un hau'n Holt. Do kümmt de Wulf un röppt: „Dat is ja al wedder desülve Kraam!" Un denn neiht he ut. Un de Voss uck.

Denn bringt de Suldaat de junge Deern na ehr Vadder un Mudder, un de freu'n sich düchtig, as se hör'n, se is in grote Gefahr we'n, man passeert is ehr nix. Se seggen de Suldaat dusendmal Dank un geven em se's Dochter to Fruu.

Hornemaars

Dar is in en Dörp mal en Herr we'n, de is nich allto plietsch un nich allto riek we'n, un de hett mal hört, dar is en Buer in'e Gegend, de hett en Eseltoet, de schitt Goldstücken. De dare Herr is ümmer afgünstig we'n up dat, wat he nich hett, un do geiht he mal hen na de Buer, dat he mal to weeten kriggt, wat dar an is.

He geiht also ran an em un seggt, se hebben em vertellt, he hett en Eseltoet, de maakt Goldstücken.

Ja, seggt Hornemaars – sodennig heet de Buer –, dar hebben se em nix vörlagen. Wenn he sik dat mal ankieken will, seggt he, denn schall 'n mal een maken, wenn he darbi is.

O, seggt de Herr, dat will he doch to geern mal sehn. Do ward he denn henbröcht na de Esel, un se töven, bet dat Deert schieten mutt. Nu hett Hornemaars 'n vörher en Goldstück in'e Mors staken, un do süht de Herr mang de Miss en Goldstück blinkern. Nu hett he dat Wunner ja sülven sehn, un dat gifft nix mehr to twiefeln an dat, wat he hört hett, un do bütt he Hornemaars en gude Pries, wenn he em sin Eseltoet verkopen will.

De stellt sik ja eerst wat an, seggt, dat dare Deert is dat Beste, wat he hett, dat will he nich verkopen. Man domals hebben de Herren bannig vel Macht hatt, un do is de plietsche Buer bang', wenn he „nee" seggt, denn ward de dare Keerl, de sachs en grote Bullerjahn is, womoeglich böös, un do seggt he toletzt „ja", dat he doch sin Willen kriggt.

De Herr betahlt de Eseltoet bannig düer, un denn geiht he na Huus mit 'n, bannig tofreden mit sin

Koop. He lett en feine Saal mit Teppichen utleggen, dat he 'n dar ünnerbringen un de Goldstücken upsammeln kann, anners verleern de sik womoeglich noch in't Stroh. Man wat he uck uppasst un luert, dat 'n schieten deit, un wat he uck mang de Miss söken mag, finnen deit he nix. Do ward de Herr bannig füünsch un löppt in Raasch wedder hen na Hornemaars, he meent, de hett em anscheten un um sin Geld bröcht.

Splidderndull kümmt he denn wedder bi de Buer an. De süht em al vun wieden ankamen un kriggt dat mit'e Angst, denn he weet woll, warum he kamen deit, un he weet nich recht, wat he seggen schall. Nu hett Hornemaars jüst en grote Ketel to Füer. Gau maakt he dat Füer ut, kriggt sik en grote Swep her un geiht bi un pietschen vör Kroepels Gewalt up sin Ketel in.

De Herr kümmt an sin Dörsüll un blifft verbaast stahn, as he dat süht. He vergitt heel un deel sin Raasch up Hornemaars un fraagt: „Wat maakst du dar denn?" – „Herr, dat Holt is ja so düer, un wi bruken dar to vel vun. Man mit min Swep krieg ik allens in'e Gang, wat ik to kaken heff."

Do seggt de Herr: „Ja, wat min Mudder bi mi to Huus an Holt verbrennt, is uck gewaltig. Din Swep musst du mi verkopen." – Hornemaars stellt sik ja wedder en beten an: „Min Swep kann ik nich missen, de is mi bannig nütt un kommodig för un sparen Holt." Man de Herr blifft bi, un toletzt kriggt he Hornemaars besnackt, dat de em sin Swep verköfft. He hett ganz vergeten, wodennig de anner em rinleggt hett mit sin Eseltoet.

As he wedder to Huus is, kann de Slottsherr up sin Grapens inpietschen so vel, as he will, för un kriegen

117

se to kaken, dar ward nix vun. Do kriggt em wedder en gewaltige Raasch up Hornemaars faat, dat de em al wedder anföhrt hett, un he do ja wedder hen na em.

Hornemaars süht em kamen un meent, nu is he verratzt. Man denn seggt he to sin Fruu, se schall sik up'e Del leggen un so doon, as wenn se doot is. Un he nimmt wat Bloot vun en frisch schatene Haas un smert ehr dat an'e Kehl. Denn snappt he sik sin Flint un ballert los.

In de Momang kümmt jüst de Herr an un kriggt so'n Schreck, as he de Fruu dar up'e Del liggen süht, vull Bloot, he vergitt rein sin Raasch. He bölkt: „Du Hallunk, wat hest du nu wedder maakt? Du hest din Fruu umbröcht; du hörst in't Lock!" – „Och nee, Herr, dat is nix; se ward sik al wedder kamen." – „Wat? Sik wedder kamen? Se is doch doot!" – „Och, ik heff ehr ja al ehrer sodennig dootmaakt. Dat is ja man, se is en Beest, so'n Beest, dat ik ehr al dootmaken mutt, wenn ehr Raasch sik leggen schall. Man keen Bang', ik krieg ehr al wedder torecht." – „Wodennig wullt du ehr denn wedder torecht kriegen, se is doch doot!" – „Kiek hier, Herr", seggt he un kriggt en lütte Fleut ut'e Tasch. „De Herr ward dat al seh'n."

Denn geiht Hornemaars bi un fleutet so dull, as he kann, un foorts steiht sin Fruu up. De Herr wunnert sik un ward Hornemaars triffeleern, he schall em sin Fleut verkopen, un he seggt, sin Oolsch is uck en ganze grote Beest un fangt ümmerto Striet an mit em, se geiht em rein to Kleed in ehr Raasch un maakt em dat Leven to Höll. Wenn he nu Hornemaars sin Fleut harr, denn wurr he dat jüst so

118

maken un ehr dootmaken, dat he ehr to Ruh bringt. Man Hornemaars seggt, sin Fleut is em bannig nütt, de kann he nich missen.

De Herr blifft bi un snackt Hornemaars to, dat he de Fleut kriggt, un upletzt is de Buer inverstahn un verköfft em de för en hoge Pris. De Herr freut sik, dat he de kostbare Fleut kregen hett un geiht t'rügg na sin Slott.

Foorts dat eerste Mal, as sin Fruu wedder in Raasch kümmt gegen em, kriggt he sin Flint her un schütt up ehr – so as Hornemaars em dat vörmaakt hett. Man denn kann he fleuten so lang', as he lustig is, sin Fruu steiht nich wedder up.

Dat geiht de Herr nu böös an'e Nieren, dat he sin Fruu umbröcht hett, un he süht ja, de dare Fleut kann ehr nich wedder in't Leven ropen, un do ward he noch füünscher up Hornemaars as jichens vörher un löppt hen un will em vör't Brett kriegen. Nu hett de ja nix mehr, 'nem he sik mit verdeffendeern kann, un do geiht de Herr em to Liev un seggt, he is en Hallunk, en Lump, en Schubbjack, un toletzt seggt he: „Du hest de Schuld, dat ik min Fruu umbröcht heff, nu scha'st du uck vun'e Welt."

Un denn treckt he em en Sack oever de Kopp, dat he dar ganz in is. He will em up'e Grund vun en utdeente Steenbruch smieten, seggt he. He binnt de Sack to un nimmt 'n up'e Nack, un denn maakt he sik up'e Padd, dat he dat wahr maakt, wat he seggt hett.

As he dör en Holt kümmt, mutt de Herr nootwennig mal pissen, un do stellt he de Paas dal an'e Wegkant un geiht en Stück an'e Siet. Do kümmt dar jüst en

Hannelsmann mit Swiens lang, de ward de Paas wies un föhlt mal, wat dar in is, un as he markt, dat is en Minsch, fraagt he: „Wokeen is dar denn in'e Sack?" – „Ik", seggt Hornemaars, „un dat is en schöne Schiet! De Herr vun unse Dörp hett en Dochter, un he will för Kroepels Gewalt, ik schall um ehr anholen. Man friewillig gah ik dar nich hen, un nu slept he mi mit Gewalt hen." – „Du büst ja doesig", seggt de Hannelsmann, „ik wurr dar geern hengahn!" – „Na ja, wenn du dar hen wullt", seggt Hornemaars, „denn laat mi man rut ut'e Paas un gah du dar gau rin, solang' as de Herr noch nich wedder dar is."

Do lett de Hannelsmann Hornemaars rut, krüppt sülven rin in'e Sack un seggt, Hornemaars schall de Swiens na de un de Stä' hendrieven. Un denn süht de Buer to un kamen gau weg. De Herr hett vun all dat ja nix mitkregen, he nimmt de Sack wedder up'e Nack un geiht na de ole Steenbruch. As he an'e Rand ankümmt, seggt he: „Du hest mi allerhand up'e Stock daan, man dar is dat nu vörbi mit." –

Na en paar Jahr bemött Hornemaars de Herr mal wedder. He is mit de Wiel en Hannelsmann mit Swiens wurrn. Do ward de Herr em kennen un seggt: „Büst du dat, Hornemaars?" – „Ja, Herr." – „Man ik heff di do doch in'e Steenbruch smeten. Wodennig büst du dar denn wedder rutkamen?" – „Och, Herr, de Herr hett mi an en Stä' smeten, 'nem dat nich so deep weer, un dar weer dat vull vun Swiens. Harr de Herr mi wat wieder smeten, denn weer ik up'e Goldstücken fullen." – „Düvel uck, dar sünd Goldstücken in min Steenbruch? Dat heff ik ja gar nich wusst!" – „Ja, Herr, un nich so knapp!" – „Na, denn musst du mi dar rinsmieten." – „Geern, Herr." – „Man dat segg

120

ik di, smiet mi wied nugg, dat ik nich up'e Swiens kaam, dat ik up'e Goldstücken fall."

Hornemaars deit, wat em heeten is, he smitt em so wied, dat he up'e Grund vun't Lock fallt, un dar is he nie nich wedder rutkamen. Sodennig is de plietsche Buer sin Gegenspeler quiet wurrn un is Hannelsmann mit Swiens bleven.

De lütte Schäper

Dar is mal en König we'n un en Königin, de hebben man een Dochter hatt. Dat is recht so'n vertrockene Gör we'n, se hebben ehr allens dörchgahn laten. Mal geiht se mit de König un de Königin mang de Feller spazeern, do ward se en Flock Schaap wies un will en Lamm hebben. Do snacken ehr Vadder un Mudder mit de Schaapdeern, man de seggt, de Schaap hör'n ehr ja nich, se schoe'n man na de Buer gahn, de is nich wied af. Upletzt kriggt de Prinzessin richtig ehr Lamm. Naher will se dat denn sülven up'e Weid bringen. De dare nüe Grappen sünd ehr Öllern gar nich na de Mütz; do deit se dat al leed, dat se ehr dat Lamm eerst köfft hebben. Dat ward dar buten bannig warm, seggen se, se rungeneert sik de Täng[1]. Un denn hört sik dat ja uck nich för en Prinzessin un wahren Schaap.

Mit de Tied ward ut dat Lamm en Mudderschaap, un dat kriggt en lütte Lamm. Dat neegste Jahr kamen dar mehr, un toletzt hett de Prinzessin al en ganze Flock. Dar freut se sik to, un se seggt to ehr Mudder, se will de Wull vun ehr Schaap verkopen. Dat hebben se doch nich nödig, meent de Königin.

Nu mutt dar ja en Schäper to, to de dare Flock Schaap. De König geiht los un söken een, do bemött he en junge Bengel, de kickt bannig nett un bannig fründlich. Wonem he denn up dal will, fragt de König. – Ja, he söcht en Deenst. – Um he nich na em kamen will, he is de König. – Dat kümmt up'e Lohn an, de he em geven will, seggt he. De König maakt

---

[1] Täng = Teint

em en Bott, 'nem he mit tofreden is, un do geiht de junge Bengel mit em mit.

So, seggt de König to sin Dochter, nu hett se dat nich mehr nödig un gahn na de Weid. Man de Prinzessin seggt, se will liekers morrns ehr Flock na de Weid henbringen, un avends will se 'n wedder t'rügghalen. Dat is best, seggt de König, denn morrns un avends is dat dar buten frisch, denn rungeneert de Sünn ehr nich de Täng.

Elkeen Dag kriggt de lütte Schäper vun'e König Broot un Fleesch un en Buddel Wien mit. Een Morrn bringt de Prinzessin de lütte Schäper na en feine Flach dicht bi en lütte Holt. He schall sik jo wahren un gahn in dat dare Holt rin, seggt se, dar husen dree Riesen in. Is guut, seggt he, dar will he denn nich ringahn.

Man knapp is se weg, do stevelt he al rin in't Holt. He haalt en lütte Mess to twee Gröschen mit en Fleut an ut sin Tasch un fleutet dar vergnöögt up. Upmal süht he en Ries ankamen, de is heel un deel in Stahl kleedt un bölkt: „Wat maakst du denn hier, du Windbüdel?" – „Ik gah en bet' spazeern, wieldes ik de König sin Schaap wahren do." De Ries geiht mal um em rum. „Wat hest du dar denn up'e Rügg?" fraagt he. „Dat is en Rucksack", seggt de Schäper, „dar heff ik Broot un Fleesch un Wien in. Wullt du wat?" De Ries will geern. Eerst fritt he all de Schäper sin Eten up, denn kriggt he de Buddel faat un maakt 'n mit een Togg lenz. Man knapp hett he de Buddel utdrunken, do sackt he an'e Grund un slöppt in: De Riesen sünd dat ja nich wennt un drinken Wien. Do jaagt de lütte Schäper em sin Mess in'e Kehl. Denn geiht he dör't Holt un kümmt an en

123

Huus, dat is heel un deel ut Stahl. He geiht dar rin: In'e Stall steiht en Peerd ut Stahl. In'e Kamern de Stöhle, Dischen, Tellern, Lepeln, Gaveln, allens is ut Stahl. Dat is de dare Ries sin Huus.

To Avend, as de Prinzessin kümmt, is de lütte Schäper al lang' wedder up'e Wisch. Se fraagt em, um he uck is in dat Holt ringahn. – Nee, seggt he. – Dat is man guut, seggt se, se hett sik Sorgen maakt um em. – Oha, seggt he, dat is vundaag so bannig hitt we'n, he hett düchtig Dörst hatt. – Na, seggt de Prinzessin, wenn he nich nugg hett an een Buddel, denn kriggt he de neegste Dag twee: een vun ehr Vadder so as ümmer, un een will se em geven; man dar schall he nix vun to ehr Vadder seggen.

De neegste Dag geiht de Prinzessin wedder mit em na de Wisch un verbütt em wedder un gahn in dat lütte Holt. Man jüst so as de Dag vörher, knapp kann he ehr nich mehr seh'n, do geiht he dar rin un fleutet up sin Fleut.

Dütmal bemött he en Ries, de is heel un deel in Sülver kleedt, un de fraagt em: „Wat maakst du hier, du Windbüdel?" – „Ik gah en bet' spazeern", seggt de Schäper. „Wenn du uck grötter un dicker büst as ik, ik bün nich bang' vör di." De Ries geiht mal um em rum un fraagt: „Wat hest du dar denn up'e Rügg?" – „Dat is en Rucksack; dar heff ik Broot un Fleesch un Wien in. Hest du Hunger?" – „Ja, ik kunn guut en Brock verdrägen." Do gifft de Schäper em sin Middag. Denn langt he em een vun sin Buddeln hen, un de Ries maakt 'n mit een Togg lenz. De anner Buddel geiht desülve Weg, un denn slöppt de Ries in. Do jaagt de Schäper em uck sin Mess in'e Kehl.

Denn geiht he en beten dör't Holt, un do kümmt he an en Huus, dat is heel un deel vun Sülver. In'e Stall steiht en Perd vun Sülver. In'e Kamern de Stöhle, Dischen, Tellern, Lepeln, Gaveln, allens is vun Sülver. Dat is de dare Ries sin Huus.

As se hen to Avend bi em ankümmt, fraagt de Prinzessin de Schäper, um he is in dat lütte Holt we'n. – Nee, seggt he, wat schull he woll. – Denn hett he dat ja richtig maakt, seggt se. – Oha, seggt he, dat is vundaag wedder so bannig hitt we'n! – Na, seggt se, denn will se em de neegste Dag twee Buddeln geven, mit de vun ehr Vadder hett he denn ja dree. Man he schall dar jo nix vun naseggen.

De neegste Dag geiht de Prinzessin mit de lütte Schäper wedder na desülve Wisch, un se verbütt em wedder un gahn in dat lütte Holt rin. Man knapp hett se em de Rügg todreiht, geiht he dar uck al rin un fleutet up sin Fleut.

He is man en paar Schre' gahn, do steiht vör em en Ries, de is heel un deel in Gold kleedt. „Wat maakst du denn hier, du Windbüdel?" – „Ik gah en bet' spazeern." De Ries geiht mal um em rum. „Wat hest du dar denn up'e Rügg?" – „Dat is en Rucksack: Dar is Broot, Fleesch un Wien in. Hest du Hunger?" – „Ja, Hunger heff ik." – „Na, denn itt man." As de Ries ferdig is mit Eten, langt de Schäper em en Buddel hen, de maakt he in een Togg lenz. „Wullt du noch een?" fraagt de Schäper. – „Ja." – „Wullt du noch en drütte een?" – „Ja." – „Wullt du noch en veerte een?" – „Du hest woll en ganze Tunn, wa'?" – „Na guut", seggt de Schäper – he hett ja gar keen mehr –, „ik heg 'n up för wenn du wedder Dörst kriggst." As de Ries eerst inslapen is, jaagt de lütte Schäper em uck sin Mess in'e Kehl. Denn geiht he dör't Holt un kümmt an en Huus, dat is heel un deel vun Gold. In'e Stall steiht en Perd vun Gold. In'e Kamern de Stöhle, Dischen, Tellern, Lepeln un Gaveln, allens is vun Gold. Dat is de dare Ries sin Huus.

Nu will de König sin Dochter geern verheiraden, un do maakt he dree Blomenpütte t'recht: Allerhand Herren schoe'n sik dar um hau'n, un de denn winnt, kriggt de Prinzessin to Fruu. Do seggt se to de lütte Schäper, he schall de neegste Dag Klock negen uck henkamen un toseh'n, dat he de Pries winnen deit.

De lütte Schäper seggt ehr to, he will kamen. De neegste Dag kleed't he sik heel un deel in Stahl, dat keeneen em kennen kann. „Aah, wat 'n staatsche Herr!" seggt de König, „ik wull, he kreeg min Deern." Man de Prinzessin blarrt, se kann ehr Schäper ja nich wies warrn. Se hau'n sik en ganze Tied, un toletzt winnt de Schäper de eerste Blomenputt, un dar freut de König sik bannig oever.

To Avend, as de Prinzessin de Schäper süht, fraagt se em heel bedröövt, warum he nich kamen is. – De Hitten, seggt he, de hett em krank maakt. – O, seggt de Prinzessin, dat is dar up dat Flach nich guut för em, he fallt ja al ganz vun't Fleesch. (De dree Daag, wo he de Riesen bemött is, hett he ja nix to drinken un nix to eten hatt.) – He will versöken un kamen de neegste Dag hen, seggt he.

De neegste Dag kleed't he sik heel un deel in Sülver. „Düvel uck", seggt de König, „dat is mal en feine Ridder! De is noch staatscher as de vun güstern." Wedder is dat de Schäper, de uck de tweete Blomenputt winnt, un dar freut de König sik gewaltig to.

To Avend schimpt de Prinzessin de Schäper ut. – Och, seggt he, wat he in sin Schäpertüüg denn woll mang all de dare grote Herrn schall. Dar truut he sik nie un nümmer hen. – Se will em ehr Vadder sin Tüüg lehnen, seggt se. – Dat is nett vun ehr, seggt he, man dat deit nich nödig; he will de neegste Dag woll hengahn. – Na guut, seggt se, se luern up em.

De neegste Dag kleed't he sik heel un deel in Gold un is Klock negen up't Slott. „Aah, wat 'n staatsche junge Mann!" seggt de König, „ik wull, he kreeg min Dochter." – „Vadder", seggt de Prinzessin, „koenen wi nich bet Klock halvig tein töven?" Klock halvig tein kann se ümmer noch nix seh'n vun'e Schäper, un do seggt se: „Vadder, laat uns man bet Klock tein töven." De Klock sleit tein, un se fraagt wedder um Respiet. „Wi töven bet Klock ölben", seggt de König, „man nich länger. Dar kann ik ja doch nix för, wenn din Schäper nich kamen will." Punkt Klock ölben geiht dat denn los; dat duert lang', un wedder is dat de lütte Schäper, de uck de letzte Blomenputt winnt.

As dat Avend is, geiht de Prinzessin heel verblarrt hen na em un seggt, em hett se heiraden wullt, un nu will ehr Vadder ehr an en anner een geven. Och, seggt de Schäper, dat he nich kamen is, dat kümmt darvun, he hett sik noch en beten krank föhlt.

Man de neegste Dag seggt he to de Prinzessin, se schall doch mal mit em in dat lütte Holt kamen, un dar wiest he ehr de dree Blomenpütte, de hett he in dat Huus vun Stahl stellt. Dat is he we'n, de se wunnen hett, seggt he, un bavento hett he de dree Riesen dootmaakt; düt, seggt he, is dat Huus vun de eerste. He wiest ehr uck dat Huus vun Sülver un dat Huus vun Gold. „Dat is all min", seggt he. – Och herrje,

127

seggt de Prinzessin, denn is he nu ja vel to riek för ehr! Man de lütte Schäper geiht mit ehr hen na de König. As de hört, dat is he, de de dree Blomenpütte wunnen hett, gifft he em allto geern sin Dochter to Fruu, un do fiern se noch desülve Dag Hochtied.

De Prinzessin ehr Tüffel

Dar is mal en Mann we'n un en Fruu, de hebben twee Soehns hatt un sünd bannig arm we'n. As de Vadder dootblifft, hebben sin Fruu un sin Kinner nich mal Geld to en richtige Gräffnis, he ward man blots so inkleit. Vun de Ogenblick an hören se dat elkeen Avend an allerhand Stä'en in't Huus kloppen: Dat is de Vadder, de geiht um un verlangt sin Liekenfier.

Mal is de jüngste Soehn bi un beden an sin Vadder sin Graff, do ward he en lütte Vagel wies, de flattert dicht bi em hen un her. He will 'n griepen, do flüggt de Vagel en Stück weg. De junge Mann löppt achter 'n ran, un he lett sik so wied weglocken, dat he sik an't Enne vun'e Dag merrn in en grote Holt wedderfinnt. Dat ward Nacht. De Jung klarrt up en Eek un will dar de Nacht in Sekerheit tobringen. Knapp is he baven, do süht he dree Mannslüüd na de Boom rankamen.

De eene hett Broot mit, de anner Fleesch un Wien un de drütte Füer. Se sammeln wat Holt, fengen dat an un maken en grote Füer, dat se se's Fleesch braden woe'n. De dare Keerls sünd Rövers.

Se snacken vun en Slott, dat woe'n se utplünnern. Blots een Deel maakt se Sorgen, un dat is en lütte Hund, de passt up'e Dör un bellt elkeen an, de dar kümmt. Nu geiht dat dar um, wokeen de dare Hund dootmaakt. Keen vun se will sik dat oevernehmen.

As se sik do strieden, kieken se mal na baven un warrn de junge Bengel wies dar up sin Boom. Do ropen se, he schall dalkamen. He is de rechte, seggen se, he schall de lütte Hund dootmaken, un wenn he

129

dat nich will, denn woe'n se em sülven um'e Eck bringen. Is guut, seggt he, he will doon, wat se verlangen sünd.

Un he maakt richtig de Hund doot un krüppt in't Slott rin dör en Lock, dat maakt he in'e Muer. De Rövers langen em en Äx, dat he de Döör upbreken schall; do seggt he, se schoe'n doch man dör dat Lock kamen, wat he al maakt hett. Een vun de Rövers krabbelt dar rin, un do haut de junge Mann em mit sin Äx de Kopp af un treckt de Rump na binnen. „Nu du", seggt he to de tweete, „nu man to!" Un he haut em uck de Kopp af. De drütte geiht dat jüst so.

As dat daan is, geiht de junge Bengel in en Kamer rin, dar liggt en smucke Prinzessin to slapen. He geiht wieder in en anner Kamer, dar slöppt uck en Prinzessin, de is noch smucker as de eerste. As he denn in de neegste Kamer kümmt, liggt dar de drütte Prinzessin, uck in Slaap, de is noch wedder smucker as de beide annern. Vun de dare Prinzessin nimmt de junge Mann sik en Tüffel mit un witscht denn wedder rut ut't Slott. As he wedder to Huus is, lett he denn eerstmal en richtige Liekenfier utrichten för sin Vadder.

Nu harr de smuckste vun de dree Prinzessinnen ja to geern wusst, wokeen dar heemlich in't Slott kamen is un hett ehr Tüffel mitnahmen. Do lett se en Kroog buu'n, dar steiht oever de Dör:

> Hier kriggst du Eten un Drinken för nix,
> vertellst du blots din Geschicht eerst fix.

Mal kümmt de junge Mann dar hen mit sin Mudder un sin Broder. Do sett de Prinzessin sik bi se dal un seggt eerst to de Öllere, he schall sin Geschicht vertellen. He seggt, he is Koehlenbrenner; sin Leven lang geiht he Dag för Dag to Holts un maakt Koehl. Dat is sin heele Geschicht.

Un he, fraagt se de Jüngere, wat he denn to vertellen hett. Sodennig fangt de junge Mann an: Mal, seggt he, hebben wecke Rövers in en Slott inbreken wullt. Dat dare Slott is wahrt wurrn vun en lütte Hund, de hett elkeen anbellt, de dar kamen is. Do hebben se em Order geven, he schull de Hund dootmaken, un dat hett he daan.

Sin Mudder seggt, he schall doch man de Mund holen, man de Prinzessin besteiht dar up, he schall wiedervertellen.

As de Rövers denn hebben in't Slott rinwullt, vertellt he, do hett he se een na de anner doothaut. He is denn in en Kamer ringahn, seggt he, dar hett en smucke Prinzessin legen to slapen. Denn in en anner Kamer, dar hett uck en Prinzessin slapen, de is noch smucker we'n as de eerste. Upletzt is he in en drütte Kamer kamen un hett dar noch en Prinzessin sehn, uck in Slaap, de is noch wedder smucker we'n as de beide annern. Do hett he sik de eene Tüffel vun de dare Prinzessin mitnahmen un is wedder rutwitscht ut't Slott, seggt he. Un de dare Tüffel, seggt he, de hett he hier.

As he dat seggt hett, ward de Prinzessin sik ganz dull freu'n un wiest de anner Tüffel. Wat later ward se denn de junge Mann sin Fruu.

De Holtkaat

Dar is mal en Suldaat we'n, Sprock hett he heeten. De hett mal to sin Hauptmann seggt, he will mal hen un snacken mit'e König. De Hauptmann gifft em en paar Daag Verlööv, un Sprock maakt sik up'e Padd. He hett woll al en fievuntwintig Mielen achter sik, do dreiht he wedder um. Um he all wedder t'rügg is vun sin Reis, fraagt em de Hauptmann. Nee, seggt Sprock, he hett man sin Brootratschoon vergeten un twee Witten[1], de hett he noch to kriegen. – Statts de twee Witten, seggt de Hauptmann, will he em twee Sösslings[2] geven. Sprock stickt de twee Sösslings in'e Tasch, deit dat Broot in sin Tornüster, un maakt sik wedder up'e Weg na de Königsstadt.

He kümmt dör en grote Holt, do bemött he en Jäger. Moin, seggt he to em, wonem he denn up dal schall. – Ja, he geiht dar un dar hen. – Ja, he uck. Um se denn nich tosamen gahn schoe'n. – Ja, geern, seggt de Jäger.

De Nacht oeverkümmt se merrn in't Holt. Toletzt kamen se an en Kaat, de liggt dar ganz alleen, un dar fragen se um en Nachtlager. In de dare Kaat huust en Oolsch mit en lütte Deern, de lett se rin un gifft se wat to eten. Wieldes se bi sünd un eten, geiht dat Kind na Sprock ran un fluustert em to, he schall man up'e Posten we'n, de dare Kaat, dat is en Röverlock.

Na't Eten betahlt de Jäger – de hett dar nix vun mitkregen – de betahlt ganz geruhig, wat he vertehrt hett, un darbi lett he dat Gold un Sülver seh'n, wat

---

[1] Witten = Vier-Pfennig-Stück (1/3 Schilling)
[2] Sössling = Sechs-Pfennig-Stück (1/2 Schilling)

he in sin Büdel hett. Denn schickt de Oolsch se na baven in en Kamer. De Jäger leggt sik foorts dal, un dat duert nich lang', do is he inslapen. Man Sprock is ja wahrschuut un schüfft en Schapp vör de Dör, dat dar keen rin kann.

Merrn in'e Nacht kamen de Rövers. De Oolsch vertellt se, dar is en bannig rieke Herr in't Huus un se koenen en gude Togg maken. Man as se de Dör upbreken woe'n kamen se nich wieder. Do stellen se en Lerring[1] an't Kamerfinster, man Sprock liggt ja up'e Luer un hört een vun se in Düüstern fragen: „Is allens paraat?" – „Ja", seggt Sprock.

Do klarrt de Röver de Lerring hooch, un as he de Kopp in't Kamerfinster stickt, haut Sprock em de af mit sin Swert. En tweete Röver kümmt achterher, de geiht dat jüst so. Denn en drütte, un jüst so de annern, bet acht – so vel sünd dat. As Sprock ferdig is, will he de afhaute Köppe tellen; man dat is ja düüster, un do meent he, he hett negen. „Oha", seggt he, „nu heff ik min Macker uck mit afmurkst!"

Man he söcht oeverall, un toletzt finnt he de Jäger ünner't Bett, dar hett he sik verkrapen, mehr doot as lebennig.

De neegste Morrn smitt Sprock de Oolsch in en grote Füer un gifft de lütte Deern en arige Geschenk. Dat Huus is vull mit Gold un Sülver, man dar ward he nich riek vun: De Jäger hett foorts allens insackt. Do seggt Sprock em adjüs un stevelt wieder up sin Reis.

In'e Königsstadt ankamen, geiht he in en Kroog un will sik en beten verhalen. As he denn betahlen will,

---

[1] Lerring = Leiter

kriggt he Bescheed, he is nix schüllig. „Sovel beter" denkt he, „dat is jüst so guut as wunnen." Later geiht he in en anner Kroog un neiht sik düchtig wat to Bost, un do kriggt he wedder Bescheed, he is nix schüllig. „Dat geiht ja fein", denkt Sprock, „sodennig kann't biblieven." He nimmt sik en Stuuv in en feine Hotel, un dar mutt he uck nix betahlen.

As he so oever sin Belevnissen nadenkt, kümmt em de Jäger wedder in'e Sinn, de all dat Geld in'e Holt-kaat an sik nahmen hett. O, seggt he, wenn he de dare Lumpenkeerl faat kriggt, denn will he em aver een bipulen, dat em Hör'n un Seh'n vergeiht. In'e sülve Momang geiht de Dör up, un de Jäger steiht vör em.

„Tööv, du Hallunk", bölkt Sprock, „ik hau di doot!" – Do knippt de Jäger ut, man en lütte beten later kümmt he wedder – in Königstüüg. „O, Majestät", seggt Sprock, „um Vergevung, ik heff ja nich wusst, mit wokeen ik dat to doon harr." Do seggt de König: „Du hest mi dat Leven rett't; to Lohn gev ik di min Süster to Fruu." Sprock lett sik nich lang' nödigen, un do gifft dat noch desülve Dag Hochtied.

De Bäcker sin dree Deerns

Dar is mal en ole Bäcker we'n, en Wittmann mit dree Döchter. Mal sitten se na't Avendbroot an't Füer un snacken vun'e Leev.

„Wokeen magst du denn geern lieden?" fraagt de Jüngste ehr öllste Süster. – „De König sin Gaarner", seggt de Öllste. – „Un du?" fraagt se de Tweete. – „De König sin Kamerdeener." – „Fein. Un ik heff de König sin Soehn leev." – „De König sin Soehn! Du maakst woll Spaaß", ropen de beide annern. – „Nee, würklich. Un ik will ju noch wat seggen: Ik krieg dree Kinner vun de König sin Soehn, twee Jungs, elk mit en gollne Steern vör de Kopp, un een Deern mit en sülverne Steern!"

De Vadder liggt al in't Bett un hört, wat sin Deerns dar snacken, un do seggt he: „Wat is dat för'n unwetene Snackerie! I sünd ja woll rein unklook worrn. Seh, dat I to Bett kamen, un dat en beten gau!" – Un do gahn de dree Deerns to Bett.

De König sin Soehn is de dare Avend in'e Stadt spazeer'n gahn, tosamen mit sin Kamerdeener un sin Gaarner. Dat gifft en Flaag, un do stellen se sik ünner in'e Bäcker sin Windfang un schulen, un do hören se mit, wat de dree Deerns snacken. De Prinz markt sik de Bäcker sin Naam, de steiht dar ja up't Ladenschild, un de neegste Morrn schickt he hen, de öllste Deern schall up't Slott kamen.

„Kann Se sik dar noch up besinnen, wat Se güstern Avend an't Füer in Ehr Vadder sin Huus seggt hett?" – De Deern is rein verbaast un ward bang'. – „Man keen Bang', min Deern", seggt he, „un snack man driest to, ik heff allens mit anhört. Kann Se sik dar

135

noch up besinnen, wat Se seggt hett?" – „Ja", seggt
se. – „Un Se will geern min Gaarner heiraden?" –
„Ja." – „Is guut. Gah man wedder na Huus un segg
to de tweete Süster, se schall uck herkamen un mit
mi snacken."

As de in't Slott ankümmt, fraagt de Prinz ehr uck,
jüst so as de öllere Süster: „Kann Se sik dar noch up
besinnen, wat Se güstern Avend an't Füer in Ehr
Vadder sin Huus seggt hett?" – „Ja, wiss doch, Maje-
stät", seggt se. – „Un Se will geern min Kamerdeener
to Mann hebben?" – „Ja, Majestät." – „Is guut; gah
man wedder na Huus un segg to de jüngste Süster,
se schall uck herkamen, ik will mit ehr snacken."

Se kümmt denn uck hen, un de Prinz fraagt ehr jüst
so as de beide annern: „Kann Se sik dar noch up be-
sinnen, wat Se güstern Avend an't Füer in Ehr
Vadder sin Huus seggt hett?" – „Kann ik, Majestät",
seggt se. – „Un Se will mi geern heiraden?" – „Ja,
Majestät, vun ganzen Harten." – „Un Se kriggt denn
dree Kinner, as Se seggt hett, twee Jungs, elk mit en
gollne Steern vör de Kopp, un een Deern mit en sül-
verne Steern?" – „Stimmt, Majestät, dat heff ik uck
seggt." – „Fein! Denn ward Se min Fruu. Gah nu
foorts na Huus un segg Se to Ehr Vadder, he schall
mal herkamen, ik will mit em snacken."

De Deern geiht heel glücklich na Huus un seggt to
ehr Vadder, he schall na de König sin Soehn up't
Slott gahn, he will mit em snacken. – „Warum dat
denn?" fraagt de Ole. „Ik heff ju dat ja seggt: Ju's
doesige Snackerie is de Prinz to Ohren kamen, un nu
lett he mi ropen un will mi bestimmt strafen." –
„Nee, nee, Vadder; gah man driest hen un wes nich
bang", seggen sin dree Deerns.

De ole Bäcker geiht denn hen up't Slott, trurig un vull Sorgen, as wenn he an'e Galgen schall. Man as he hört, de König sin Soehn hollt um sin dree Deerns an, een för sin Gaarner, een för sin Kamerdeener un de drütte för sik sülven, do föhlt he jüst so vel Glück un Freud in sik, as he vörher Unruh un Bang' hatt hett. De dree Hochtieden warrn foorts fiert un duern en heele Maand, elkeen Dag Gasterien, Danz un all Slag Vergnögen.

De Gaarner un de Kamerdeener trecken in'e Stadt mit se's Fruuns, un de Prinz blifft mit sin up sin Vadder sin Slott wahnen. Man de beide annern sünd afgünstig up se's Süster, denn de is ja nu Prinzessin wurrn, un do spickeleern se elkeen Dag, wodennig se ehr verdarven koenen. As se seh'n, se schall wat Lüttes hebben, fragen se en ole Hex um Raat. De seggt, se schoe'n sik man achter de Prinzessin ehr Hebamm steken, dat de dat Kind mit en lütte Hund vertuuscht, un dat Lütte schall denn man up'e Stroom utsett warrn.

Do seggen se to se's Süster, se schall man de un de Hebamm nehmen, dat is de beste in't heele Riek, seggen se. De Prinzessin will ehr eerst kennen lehren un nimmt ehr guut up. As se denn to liggen kümmt, bringt se en Soehn to Welt, en feine Jung mit en gollne Steern liek vör de Kopp. De Hebamm gifft de arme Stackel foorts an en Keerl, de töövt al an't Door, dat he em up'e Stroom, de dar dör de Stadt löppt, utsetten schall. Denn leggt se darför en lütte Hund in'e Weeg, de hett se mitbröcht. As de Prinz denn sin Kind seh'n will, wiest se em de Welp.

„Mein Gott, wat is dat denn?" röppt he. – „Deit mi leed, Prinz", seggt de falsche Hebamm, „man Gott
137

maakt, wat he will." – „O, wat en Unglück! Man Klagen helpt ja nich, wenn Gott dat so will. Pass de Stackel man ümmer guut!"

De öllste Bäckerdeern ehr Mann, de König sin Gaarner, hett en feine Gaarn an't Över vun'e Stroom, un as he dar mal spazeern geiht, ward he en Korv wies, de drifft dar up dat Water. Do stiggt he in sin Boot un pullt hen na de Korv, un do is he bannig verbaast, as dar en smucke Kind in liggt mit en gollne Steern merrn vör de Kopp. „Gott Loff un Dank", seggt he, „dat he mi so'n feine Kind schickt, wo ik sülven keen heff." Un he bringt dat Lütte na sin Fruu, un de nimmt em dat mit grote Freud af un hett dar Vergnögen an un trecken dat up, as wenn dat ehr eegne weer.

Een Jahr later kriggt de Prinzessin en tweete Soehn, de hett uck en gollne Steern vör de Kopp, jüst so as de eerste. De achtertücksche Hebamm vertuuscht em uck gegen en Hunnenwelp, un dat stackels Kind ward uck in en Korv up't Water utsett as sin Broder.

De König (de Prinz is mit de Wiel König wurrn, sin Vadder is doot) will sin nübaarne Kind sehn. „O nee, al wedder en Hund!" röppt he, as he dat süht, un dreiht sik af un kriggt natte Ogen. „Man wenn Gott dat so will", seggt he, „wat Gott deit, is guut."

De Gaarner is bi un angeln in sin Gaarn, do ward he wedder en Korv wies, de drifft mit'e Stroom. He haalt 'n rut, so as de anner, un löppt hen un bringt dat smucke Kind, wat dar in is, na sin Fruu. De nimmt em dat mit Freuden af un seggt: „Is ja wunnerbar! Nu hebben wi elk een, du un ik!" Un se söken en Vadder un en Vaddersche, un dat Kind ward döfft.

Wieldes ward de Königin dat drütte Mal Mudder, dütmal kriggt se en lütte Deern mit en sülverne Steern merrn vör de Kopp. De falsche Hebamm vertuuscht de uck mit en Hunnenwelp, un de Stackel ward utsett, jüst so as ehr Bröder.

Dütmal ward de König schimpen un rasen as en Düvel, as se em wedder en junge Hund wiesen. „Se nömen mi noch de Welpenvadder, un dat hett ja denn uck sin Richtigkeit! Man all düt hett nix mit Gott to doon, dar stickt jichens wat achter!" Un he lett de Königin insparr'n in en Toorn bi Water un Broot un mit en lütte Book to lesen.

De Gaarner finnt uck düt Kind, as dat up't Water drifft, un haalt dat rut un bringt dat na Huus, jüst so as de beide annern. „Nu langt dat bald mit so'n Kinner!" seggt sin Fruu, as se em mit de Korv ankamen süht. „Wodennig maakst du dat blots, dat du so vel Kinner finnen deist? Wenn du dar man nich sülven de Vadder to büst!" – „Is al guut, Fruu, beruhig di; ik bring dat Kind wedder dar hen, 'nem ik dat funnen heff, up't Water. Man dat is jammerschaa', so'n feine lütte Deern, as dat is!" – „Wat, en Deern, seggst du? Wies mal her. O, so'n söte lütte Engel! Mit en sülverne Steern merrn vör de Kopp! Ehr beholen wi, Mann; wi koenen uns dat sachs leisten, un wo de leeve Gott uns keen Kinner schenkt hett, nehmen wi düssen darför."

Wieldes sitt de stackels Königin in ehr Toorn un weent un klaagt bi Dag un Nacht, un keeneen kümmt mal un besöcht ehr. Un ehr beide Süstern leven glücklich mit se's Männer.

Denn blieven de Gaarner un sin Fruu doot. Do haalt de König se's dree Kinner na sin Slott, un se sünd ja smucke Kinner un fein ertrocken, un darum mag he se geern lieden. Elkeen Sünndag kann een se sehn in sin Kirchenstohl bi de Gottsdeenst, elkeen mit en Binn vör de Kopp, dat 'n de Steerns nich süht. All wunnern se sik oever de dare Binnen, un se fragen sik: „Wat schall dat to?"

Mal is de König up'e Jagd, do kümmt dar en ole Fruu in'e Slottskoek un jammert: „Huh! huh! huh! wat is dat koold!" Un se bevert an't heele Liev, un ehr Tähns klappern. – „Denn kumm man an't Füer, lütt Oma", seggt de Deern mit de sülverne Steern vör de Kopp, de is dar jüst. – „Velen Dank uck, min Deern. Junge, wat büst du smuck! Ja, wenn du nu noch dat danzen Water harrst un de singen Appel un de Wahrheitsvagel, denn weer dar keen up'e Welt, de di liek keem."

„Ja, lütt Oma; man wodennig kriggt 'n de dare Wunnerdinger?" – „Du hest doch twee Bröder, de koenen se di beschaffen." – Denn geiht se weg, ahn dat se noch wieder wat seggt.

Vun de dare Ogenblick an denkt de Deern blots noch an dat, wat de Oolsch seggt hett. Se dröömt blots noch vun't danzen Water, vun'e singen Appel un vun de Wahrheitsvagel, un se is heel trurig.

Warum se denn so trurig is, fragen ehr Bröder. – Och, dat is nix, seggt se. – Doch, seggen se, jichens wat is dar, un se schall se doch seggen, wat. – Dar is en ole Fruu in'e Koek kamen un hett sik upwärmt, seggt se, un de hett to ehr seggt, wenn se dat danzen Water, de singen Appel un de Wahrheitsvagel harr, denn weer dar keen up'e Welt, de ehr liek keem. Un vun do an kann se nix anners as drömen vun dat

danzen Water, de singen Appel un de Wahrheits-
vagel. Man wodennig schall een dar rankamen, an de
dare Wunnerdinger?

„Ik haal se di, lütt Süster", seggt de öllste Broder,
„wenn se jichens en Stä' up'e Welt to finnen sünd." –
„Man wodennig, leeve Broder?" – „Laat mi man
maken, un maak di keen Sorgen. Kiek hier, düt Mess
laat ik di hier. Treck dat en paarmal up'e Dag ut'e
Scheed, un dat oever Jahr un Dag; solang', as du dat
ruttrecken kannst, is mi nix passeert. Man wenn du
dat nich mehr ruttrecken kannst, oha, denn bün ik
uck nich mehr an't Leven." Denn seggt he sin Broder
un sin Süster adjüs un maakt sik up'e Padd.

Sin Süster treckt faken dat Mess ut'e Scheed, un dat
geiht uck ümmer ganz licht rut. Man denn upmal
kann se dat nich mehr ruttrecken, so dull se sik uck
afmarst. Do ward se weenen.

„Wat hest du, leeve lütte Süster?" fraagt ehr tweete
Broder. – „Och, min stackels Broder, unse öllste Bro-
der levt nich mehr!" Un do warrn se all beid blarrn.

„Ik mutt afste' un em söken!" – „O nee, gah nich,
Broder, bliev hier bi mi!" – „Nee, ik mutt gahn, un ik
bliev nich stahn, bet ik min Broder funnen heff. Hier
hest du en Parlensnoor; schuuv de Kugeln ümmer
wieder; wenn dar een fastsitt, denn lev ik uck nich
mehr." Un denn seggt he sin Süster adjüs un maakt
sik up'e Padd.

Wo se nu alleen is, is se trurig un vull Sorgen. Se
hollt nich up un schuven de Kugeln up ehr Par-
lensnoor lang, un se süht vull Freud, wo se licht wie-
dergahn. Man denn upmal is dar een, de sitt fast.
„Mein Gott", röppt se, „nu is min tweete Broder uck

doot! Wat maak ik denn nu? Ik mutt afste' un se söken, un ik hol eerst an, wenn ik se funnen heff, doot oder lebennig."

Se köfft sik en Perd, treckt sik an as en Ridder un maakt sik up'e Weg, ahn dat se to jichens een wat seggt. Se ritt un ritt, bet se an en grote siede Flach kümmt. Dar ward se in en ole, holle Boom en lütte Ole wies mit en lange witte Baart.

„Moin, Königsdochter!" seggt de lütte Keerl mit de lange Baart. – „Moin, lütt Opa", seggt se, „man du verwesselst mi sachs mit en anner een, ik bün doch keen Königsdochter." – „Nee, nee, ik heff mi nich versehn, ik kenn di guut."

„Segg mal, lütt Opa, de dare lange Baart, stöört di de nich?" – „Dar kannst up af, min stackels Deern; ik heff 'n al fievhunnert Jahr, un de stöört mi düchtig." – „Wenn du wullt, ik snie' 'n di af." – „O ja, dat do man!" Do kriggt se en Scheer ut'e Tasch un snitt de lütte Ole de Baart af.

„Gott segen di, Königsdochter", seggt he, „du hest mi erlöst! Fievhunnert Jahr lang sünd hier en Barg Lüüd langkamen, man nich een hett sik mal erbarmt, bet du keemst. Man dat schall di uck nich leed doon. Ik weet, wonem du up dal wullt; du söchst din beide Bröder. Nu hör mi mal nipp to un do akraat, wat ik di seggen do. Na en fievundörtig Mielen kümmst du an en Kroog, de liggt dar an'e Weg. Dar stiggst du af, ittst, drinkst, un denn lettst du din Perd dar un seggst, du betahlst, wenn du wedderkümmst. Wenn du dat Huus achter di hest, duert dat nich lang', un du steihst vör en bannig hoge Barg. Du warrst dar düchtig Mars mit hebben un klarrn dar rup, un du musst Hänne un Fööt bruken. Denn

142

brickt dar en gewaltige Storm los; Hagel, Snee, Ies un harde Frost kamen oever di. Man verleer nich de Kraasch un klarr liekers wieder. Up beide Sieden vun'e Weg sühst du denn en Barg Steenpielers. Dat sünd all de Lüüd, de so as du versöcht hebben un klarrn up'e Barg rup, un de denn de Kraasch verlaren hebben, de sünd all to Steen wurrn. Wenn du baven büst, sühst du en grote, siede Flach mit en Rasen sichtenvull mit Blöme, so as merrn in'e Mai. Denn sühst du noch en gollne Stohl ünner en Appelboom. Sett di in de dare Stohl un do so, as wenn du slöppst, denn kümmt dar en Amsel dal vun'e Appelboom, Telgen för Telgen, un geiht rin in en Buur, dat steiht dar ünner de Boom. Maak gau dat Buur to, denn dat is de Wahrheitsvagel. Denn snittst du di de Twieg af vun'e Appelboom, 'nem en Appel anhängt; dat is de singen Appel. Toletzt maakst du en lütte Buddel vull mit Water ut de Soot, de dar ünner de Appelboom is, denn dat is de Soot mit dat danzen Water. Denn kannst du di up'e Rüggweg maken. Un wenn du denn dalstiegen deist vun de Barg, speutest du en Drüpp vun dat Water ut din Buddel up elkeen Steenpieler, un ut elkeen Steen kümmt en Ridder rut. Din beide Bröder stahn denn uck wedder up, so as de annern."

De Deern seggt de lütte Keerl velen Dank un maakt sik wedder up'e Padd. Se deit akraat, wat he ehr seggt hett. Se itt un drinkt in'e Kroog, lett ehr Perd dar un geiht bi un klarrn up'e Barg. Man dat duert nich lang', do gifft dat so'n harde Frost, dat se meist to Ies frert, un denn mutt se ja dar blieven un ward uck to Steen, so as de annern. Man se kriggt dat doch klaar un kamen bet ganz na baven. Dar is de Luft klaar un lurig, so as merrn in't Fröhjahr. Se sett sik in'e gollne Stohl ünner de Appelboom un deit, as wenn se slöppt. Do kümmt de Amsel dal, Telgen för Telgen, un geiht rin in't Buur. Do steiht se gau up un maakt dat Buur to. As de Amsel markt, 'n is fungen, seggt 'n: „Du hest mi fungen, Königsdochter! Dar hebben al vel versöcht un fangen mi, man vör di hett dat noch keeneen t'rechtkregen. Man di hett sachs een beraden."

Denn snitt se en Twieg vun'e Appelboom mit en Appel dar an, maakt ehr lütte Buddel vull mit Water ut'e Soot, un denn glitt se sik af. As se dalstiggt vun'e Barg, speutet se en Drüpp Water up elkeen Steenpieler, un do kamen dar Prinzen rut un Hartoeg un Grafen un Ridders. Ehr beide Bröder stahn uck wedder up, dat sünd de beide letzten. Man se kennen se's Süster nich. Un all drammen sik um ehr un seggen: „Giff mi dat danzen Water, junge Herr." Un annern: „Giff mi de singen Appel." Un wedder annern: „Giff mi de Wahrheitsvagel."

Man se süht to un kamen weg un nimmt dat Water, de Appel un de Vagel mit. As se na de Kroog kümmt, 'nem se ehr Perd laten hett, betahlt se, wat se schüllig is, un denn geiht dat foorts na Huus to. Dar kümmt se lang' vör ehr Bröder an. As de denn uck kamen, fallen se ehr um'e Hals.

„O, min stackels Bröder", seggt se, „wat bün ik in Sorg we'n um ju. Wat hett ju's Reis lang' duert! Man Gottloff, I sünd wedder dar!" – „Och ja, min stackels Süster, wi sünd lang' weg we'n, un hebben doch nix klaar kregen; man jüst, dat wi hebben wedderkamen kunnt!" – „Wat?" seggt se. „I bringen nich dat danzen Water, de singen Appel un de Wahrheitsvagel?" – „Och, nee, stackels Süster, so'n junge Herr, de wi nich kennen, hett dat mitnahmen. Gott, so'n staatsche Herr! Em harrst du mal seh'n schullt!"

De ole König hett ja keen Kinner (meent he tominnst) un mag sin Swiegersche ehr Kinner geern lieden, un he freut sik, se sünd wedder dar. Do lett he tostellen to en grote Festeten, un dar laad't he all Lüüd to in, Prinzen, Hartoeg, Grafen, Barons, Generaals. As se bi lütten ferdig sünd mit Eten, stellt de Deern dat danzen Water, de singen Appel un de Wahrheitsvagel up'e Disch un seggt, elkeen schall sin Wark doon. Un foorts ward dat Water danzen, de Appel singt, un de Vagel flattert oever de Disch. Un all sünd se ganz weg, sparrn Mund un Ogen up un seh'n un hör'n de dare Wunnerwarken. So wat hebben se noch nie nich sehn oder hört.

Wokeen de dare Wunnerdinger tohören, fraagt de König, as he wedder snacken kann. – Ehr, seggt de Deern. – Un wat dat is. – Dat is dat danzen Water, de singen Appel un de Wahrheitsvagel, seggt se. – Vun wokeen se de denn hett, will he weeten. – Se is sülven hen we'n un hett se wunnen, seggt se.

Do gahn ehr beide Bröder de Ogen up un se marken, dat is se's Süster we'n de se erlöst hett. Wat de König is, de is rein ut'e Tüüt vör Freud un Bewunnern. Sin Kroon un sin Riek, seggt he, gifft he för so'n Wunner, un se schall Königin we'n.

He schall man noch en beten töven, seggt se, bet he ehr Vagel hett snacken hört, de Wahrheitsvagel, denn de hett wichtige Saken to vertellen. „Lütte Vagel", seggt se, „nu segg de Wahrheit!" – „Do ik geern", seggt de Vagel, „man keeneen dörf hier rut." Do maken se all de Dören dicht. De ole Hex vun Hebamm un de König sin Swiegersche sünd uck dar, un de geiht dat gar nich guut, as se dat hör'n.

„So, min Vagel, nu segg de Wahrheit."

Un do seggt de Vagel: „Dat is nu twintig Jahr, Majestät, dat Ju's Fruu in en Toorn sitt, vun alle Welt verlaten, un I meenen, se is al lang' doot. Man se is nich doot, ehr is nix nich passeert, denn dat is to Unrecht, dat se anklaagt un in en düüstere Kaschott smeten wurrn is."

De Hebamm un de König sin Swiegersche seggen, dat geiht se jüst gar nich guut, un se moeten nootwennig mal rut. „Noch kümmt hier keeneen rut", seggt de König. „Snack wieder, lütte Vagel, un segg de Wahrheit."

„I hebben twee Soehns un een Dochter, Majestät", seggt de Vagel, „all dree baren vun Jues Fruu, un dar sünd se! Nimm se de Binnen af, un denn koenen I sehn, se hebben elk en Steern vör de Kopp."

Se nehmen se de Binnen af, un do sehn se, elk vun de beide Jungs hett en gollne Steern vör de Kopp, un de Deern hett en sülverne.

„Schuld an dat Ganze", seggt de Vagel, „hebben Ju's twee Swiegerschen un de Hebamm, de dare Düvelshex! De hebben Ju wiesmaakt, Ju's Fruu harr blots ümmer lütte Welpen to Welt bröcht, un Ju's stackels Kinner sünd, foorts as se baren weern, up'e Stroom utsett wurrn. As de Hebamm, de dare Düvelsbraa', to weeten kregen hett, dat de Kinner rett't weern un in Ju's Slott uptrocken wurrn, hett se sik utspickeleert, wodennig se se verdarven kunn. Se is mal in't Slott kamen, verkleed't as Bedelfruu, de halvdoot weer vör Küll un Hunger, un hett de Prinzessin wat vörsnackt, dat se denn vör Gewalt dat danzen Water, de singen Appel un de Wahrheitsvagel hebben wull. Ehr beide Bröder sünd, een na de anner, lostrocken för un halen se för ehr, un de Hex hett sachs dacht, se keemen nie nich wedder. Un se weer'n uck nich wedderkamen, wenn se's Süster dat nich mit vel Mars klaarkregen harr un erlösen se un bringen dat danzen Water, de singen Appel un de Wahrheitsvagel mit."

De König beswiemt, as he all dat to hören kriggt. As he denn wedder to sik kümmt, geiht he sülven hen un halen de Königin ut'e Toorn, un he kümmt t'rügg in'e Festsaal mit ehr an'e Hand. Se hett sik heel un deel nich verännert, se is smuck un leevlich as ehrdem. Se itt un drinkt en beten, man denn blifft se foorts doot!

De König, as unklook vör Weh un Raasch, gifft Order, dat dar foorts en Backaben glöhnig hitt maakt ward, dat se sin Swiegersche un de Hebamm, de dare Düvelsbraa', dar rinsmieten. Dat ward maakt.

Wieder weet ik nix vun de Prinzessin un ehr beide Bröder. Ik denk, de hebben sik all dree guut verheiraad't. Un wat de Vagel angeiht, dar ward nix vun vertellt, um 'n uck naher ümmer de Wahrheit seggt hett. Man ik nehm dat an − dat weer ja keen Minsch!